코비드19의 봄

코로나19 테마소설집

코비드 19의 봄

이덕화 김지수 김미수 유시연 엄현주 윤금숙 이재연 김경

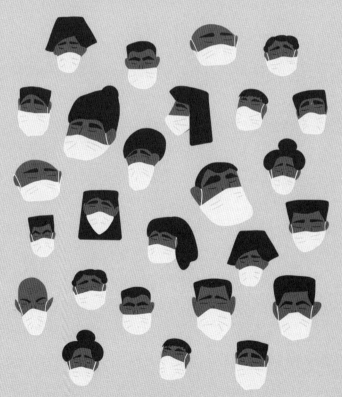

문학수첩

차례

코비드19와의 만남

이
덕
화

이덕화

1992년 《현대예술비평》 평론 등단. 장편소설 《집짓는 여자》 《은밀한 테러》 《흔들리며 피는 꽃》 《생폴 드방스에서, 길을 찾다》, 소설집 《달의 딸들》 《블랙 레인》 《하늘 아래 첫 서점》 등 출간. 〈혼불학술상〉 〈노근리문학상〉 수상. 우수 도서 심사위원 다년간 역임, 작가포럼 대표.

주삿바늘이 들어가는 따끔한 아픔에 눈을 떴다. 방호복을 입은 의료진이 언제 들어왔는지 눈앞에 서 있다. '이제 좀 어떠셔요? 열은 많이 내린 것 같은데.' '일없시오.' 주미의 말에 눈이 동그래진다. '아, 괜찮다구요.' 주미도 당황한다. 가끔 튀어나오는 북한 말투에. '아, 탈북민?' 대답도 하기 전에 바로 문을 여닫는 소리와 함께 음압기 돌아가는 소리가 윙 하고 들린다. 주미는 아직 제대로 떠지지 않는 눈을 창문 쪽으로 돌렸다. 어둠을 감춘 희뿌연 여명의 빛이 유리창에 아지랑이처럼 아른거린다. 어젯밤에는 열이 거의 40도까지 높게 치솟아 헛소리에 망상까지 보였다. 그것도 잠시, 숨이 차오르며 가슴이 무언가 누르는 듯 답답했다. 의식이 멀어지면서 부산스러운 떠드는 소리와 발자국 소리, 몸이 흔들리는 소리와 함께 다시 의식을 잃었다.

날카로운 흰 불빛이 잠에서 주미를 깨웠고 언니의 비명 소리! 어마이 동무는 두 명의 인민복을 입은 사람들에게 끌려 문을 나서고 있었다. 언니가 어마이 동무를 뒤따라가며 울부짖는 모습. 그동안 전혀 떠오르지 않았던 영상이 어지럽게 떠올랐다 사라지고는 다시 떠올랐다.

또 하나는 계속 누군가 주미에게 속삭였다. 아바이 동무였다. 계속 괜찮다, 괜찮을 거다. 걱정 마. 북조선에서 주미가 열이 났었던 때 해주던 식으로 계속 찬 물수건을 갈아주고 있었다. 잠시 의식이 들었다 또다시 혼몽 속으로 빠졌다. 혼몽 속에 잠시 본 마스크와 방호복으로 무장한 의료진은 공중 속에서 부유하는 우주인 같았다. 새벽이 되어 열이 내리고 잠이 들었나 보다. 훨씬 숨 쉬기가 가벼워졌다. 아버지가 집에 있을 때는 시간은 항상 멈춰 있었고, 세상은 완벽했다.

불과 2주 전에 폐렴 환자를 돌보던 간병인의 일을 했던 그때가 주미는 까마득히 느껴진다. 입원하기 전까지 본인도 모르던 기저 질환이 있는 섬유증 환자가 폐렴을 앓으면서 호흡곤란으로 중환자실에 입원, 삼 개월을 중환자실과 일인실을 반복하며 겨우 안정을 찾은 할아버지였다. 중환자실에서 일인실로 옮기자 밤과 낮이 바뀌어 섬망증으로 현실과 환상을 혼동했다. 아들 며느리, 딸 사위의 얼굴조차 알아보지 못했다. 마치 그들을 보고 자신을 데리러 온 저승사자인 양 나가라고 고함을 질러대었다. 자신의 아내조차 알아보지 못했다. 그러면서 한 번 시작했다 하면 멈추지 않는 밭은기침을 쏟아냈다. 보는 사람들이 절박할 정도였다. 연하제 탄 물을 마시면 그때에야 겨우 진정이 되었다. 수시로 주미는 입이 마르지 않게 입술을 물수건으로 축여주었다. 어느 순간 할아버지는 갑자기 어리둥절한 채 한참 이리저리 둘러보았다. 아들, 딸 이름을 차례대로 불러대었다. 위기를 넘기자 자녀들은 일상으로 복귀하고 대신 간병인인 주미가 돌보고 있었다. 일인실에 옮기면서 폐렴기는 사라졌다. 섬유증 치료를 위해 좀 더 지켜봐야 한다. 주미가 24시간 토요일까지 할아버지를 돌보고 있었다.

새벽에 한 차례 난리를 치더니 혼곤히 할아버지는 잠이 들었다. 이제 태양이 창문 위로 새 각시처럼 조용히 아침 인사하듯 들여다보고 있다. 주미는 밤새 어질러 놓은 물수건이랑 휴지 등을 주워 침대와 탁자 주위를 정리했다. 아침 식사를 가지고 올 시간이다. 바로 드르륵하고 문 여는 소리가 들린다. 아줌마는 살짝 문을 열고 들어와서는 식기를 탁자 위에 올려놓고는 주미를 보며 손가락질로 문을 가리킨다. 주미는 아줌마를 따라 탕비실로 갔다. 문을 닫자마자 '이야기 들었어?' 한다. 주미는 눈을 동그랗게 뜨고 뭐이? 하는 뜻으로 고개를 들었다.

"지금 신 코로나 바이러스……." 말을 꺼내다 주미의 얼굴을 살핀다. 주미가 도통 텔레비전은 일체 안 본다는 사실이 생각난 모양이다. 일전에 한참 유행하던 드라마 이야기를 주미에게 하다가 멍한 채 주미가 반응이 없자, "넌 테레비도 안 보냐, 하기야 병원에서 맨날 지새니 언제 테레비나 볼 틈이 있겠냐" 하고는 그릇들을 주섬주섬 챙겨 나갔다. 이북 해주가 고향이라는 아줌마는 가족도 없이 홀로 사는 주미가 그저 안쓰럽다며 이것저것 알뜰히 챙겨주었다.

"그러니까 중국에서 괴질 같은 것이 퍼졌대야, 거기 갔다 온 대구 신천지 교인이 그 괴질을 우리나라에 퍼뜨려 온 천지가 난리가 아니란다. 하루 몇 백 명씩 환자가 난대여. 벌써 죽은 사람이 나왔대여. 넌 뉴스라도 좀 틀어 봐? 세상하고는 담을 쌓고 살면서 어떻게 아버지를 찾는다고 지랄!"

아줌마는 혼자 마음이 급하다. 그러고는 얼른 먼저 탕

비실을 나간다. 주미는 아줌마가 하는 소리가 무슨 소리인지, 중국에서 어쩌고 하는 몇 마디와 아줌마가 말끝마다 붙이는 지랄 외에는 무슨 소리인지도 분명하게 알 수는 없지만 무슨 나쁜 병이 돌고 있다는 정도로 이해를 했다.

얼마 있다 다시 간호사가 와서 탕비실에서 아줌마가 하던 이야기를 똑같이 할 때 정말 심각한 상황이 벌어지고 있다는 것이 몸으로 느껴졌다. 이 방을 정밀 소독해야 한단다. 폐렴에 섬유증까지 있는 환자에겐 특별히 주의할 바이러스…… 바이러스? "바이러스가 뭐디요?" 주미가 물었다.

"응, 그건 간단히 말하면 병균, 그래 지독히 나쁜 균. 새로 생긴 바이러스라, 문제는 치료약이 없고 전파력이 강해 사람은 조심해야 해. 병원 감염이 제일 많다잖아. 치료약이 없기 때문에 스스로가 이겨내면 살아날 수 있고 그렇지 않으면 죽어! 다들 벌벌 떨고 있잖아."

간호사가 병실을 다녀 간 이후 병원이 갑자기 부산스러워졌다. 의사도 간호사의 걸음도 빨라졌다. 식사도 이제 간병인들이 탕비실에서 갖다 먹어야 했다. 식사 배분 담당 아줌마부터 가족들조차 모든 외부인을 출입 금지시켰다. 의료진과 간병인 한 사람 외에는 병원을 들락거릴 수가 없었다.

주미는 정신을 차릴 수가 없었다. 이런 난리는 북조선에서 시장 바닥에 공안부 윗사람이 나타났다 하면 공안들이 어디서 나타났는지 꽃제비들을 붙들어 외딴 시설에 가둘 때와 같았다. 꽃제비들은 공안에 잡히지 않으려고 지하실에서 본 바퀴벌레들 도망가듯 뿔뿔이 흩어졌다. 잡히는 사람은 다리나 허리 등 불편한 사람과 나이 많은 할마이, 할바이 동무들이었다. 주미는 그 이후 그 사람들을 생각하면 자주 공포를 느낀다. 그때 무지막지하게 회초리를 맞아 이마에 피를 흘리며 발발 떨며 끌려가는 할마이 할바이 동무를 생각하면 몸이 오그라지며 소름이 돋았다. 그들은 대부분 괴팍하고 미친 사람들이었다. 그중에는 주미를 끌고 가려다 무지막지한 손으로 바지를 벗긴 사람도 있었다. 그리고 미친 듯이 웃으며 '따먹으려면 더 익어야디' 하며 주미를 확 밀치고 옆에 있던 언니의 머리채를 질질 끌고 갔다.

문제는 병원이 법석을 떤 그날부터 할아버지가 열이 다시 오르기 시작했다는 것이다. 점심 먹고 재었을 때는 37도 정도, 4시쯤 재었을 때는 37.5도였다. 간호사에게 이야기하려다 좀 더 기다려보기로 했다. 밤 8시에 다시 재었다. 그때는 39도 가까이 올라갔다. 전날 밤에 잠을 자지 않고 또 한 차례 섬망증 때문에 난리를 치더니 방을 소독하느라고 몇 차례 이동식 침대로 옮기고 난리를 쳐도 계속 코까지 골면서 잤다. 열이 오를 이유가 없다. 주미는 얼른 간호실로 전화를 했다. 간호사가 달려와 열을 재더니 의사한테 알려야겠다며, 주미에게 이것저것 물었다.

할아버지는 밤새 열이 나고 오한이 오는지 춥다고 담요를 끌어당겼다. 주미는 담요를 한 장 더 얻어 담요 위에 포개 덮어주었다. 밤새 헛소리를 했다. 새벽에는 호흡 곤란까지 왔다. 인공호흡기를 다시 부착하고 중환자실로 옮겼다. 패혈증과 신 코로나 바이러스가 의심된다는 것이다. 확실한 것은 검사 후 알게 된다고 했다. "신 코로나 사태로 병원 전체가 흉흉한데. 안정기에 들었던 이 환자까지 왜 이러지?" 간호사는 혼잣말처럼 하다 말을 끊고 주미의 눈을 꿰뚫어 본다. "그건 아니겠지?" 간호사는 어두운 표정으로 말을 씹으며 사무실로 갔다. 그러다 전화로 주미에게 빨리 간호사실로 오라고 한다. 제일 계급이 높다는 수간호사가 다가왔다.

"주미 씨는 열이 나거나 설사, 오한 같은 것은 없어요?"

주미는 고개를 흔들었다.

"그래도 일단 할아버지도 주미 씨도 신 코로나 바이러스 검사를 받아보라고 하니, 조금 있으면 차가 올 거니까 거기서 검사하고 와요. 일단 간병인이 안전해야 하니까."

병실로 돌아와 얼마 있지 않아 바로 응급차가 왔다고 검사받으러 가라고 한다. 어찌해야 할지 몰라 주미는 병실에 그대로 서 있었다. 빨리 준비해서 사무실로 오라고 한다. 이 층의 식기 가져다주는 아줌마가 확진 판정을 받았다는 것이다. 헉! 주미에게 신 코로나 바이러스 어쩌고를 제일 먼저 알려준 아줌마다. 그 아줌마랑 십 분 이상 탕비실에 같이 있었다. 간호사는 주미에게,

"그 아줌마가 혹 너더러 교회 가자고 안 해?"

"없디요. 왜요?"

간호사가 고개를 갸웃거렸다. 일인실이 있는 이 층을 모두 폐쇄해야 한다는 것이다. 그러면 환자는요? 환자도 다른 층으로 옮기든지 다른 병동 중환자실로 옮겨야 한다는 것이다.

주미가 대략 세면도구를 챙겨 밖으로 나가자 마치 불난 집 같았다. 의사들, 간호사들이 뛰어다니고 환자들, 간병인들이 병실을 뛰쳐나오고 원무실 아저씨까지 고함을 지르면서 긴급 사항임을 알리고 다녔다.

주미는 1차 검진에서 음성을 받았다. 2주간 격리 중 일주일 만에 열이 오르고 설사가 나 검사 결과 확진을 받았다. 아파트에 동거하던 친구와 얼굴을 대면한 적이 없다

고 해도 같은 공간에 있었다는 이유로 그 친구도 검사를 받았다. 친구는 음성 판정을 받고도 2주간 격리되었다. 주미는 국립의료원 음압병동에 입원했다. 격리된 다음 할아버지와는 완전 단절되었다. 할아버지는 패혈증 진단을 받았다. 주미는 열이 많이 나고 머리가 깨지는 고통 속에서 설사까지 하루에 몇 번씩 화장실을 달려가야 했다. 온몸의 근육도 마치 강한 침판으로 누르는 것처럼 따갑게 아팠다. 의료진이 주는 약을 먹으면, 독한지 언제나 몽롱한 상태가 되었다.

그래서 생전 보지 않던 텔레비전을 잠자리에 들기 전까지는 계속 틀어놓았다. 어느 순간 텔레비전 소리마저도 온통 고함을 지르는 소음처럼 고막을 때렸다. 동거하는 동무 말이,

"너 테레비라도 좀 봐. 그렇게 일도 모르는 애는 처음 봤어. 너랑은 말을 섞을 수가 없다."

빨리 남조선 말투를 따라잡겠다고 매일 텔레비전에 나오는 말투를 연습하는 동무는 남조선의 말을 곧잘 흉내 낸다.

"너나 잘하라우, 난 일없시니깐."

"넌 동무들의 말 못 들었디? 넌 북조선이 아니라 산속에서 굴러다니다가 온 괭이라지 않디? 일도 모르면서 눈

치 하나로 다 넘겨짚는다고."

주미는 그것도 틀린 말이 아니라 아무 말을 안 했다. 꽃제비가 눈치 없으면 일일이 공안에게 끌려가니까. 하나원 교육관에서 교육을 받을 때 교육관이 꽃제비라는 말 아무에게도 하지 말라고 했다. 이유는 묻지 않았지만 쓸데없는 오해를 살 필요는 없다고 했다.

이 음압병동이라는 곳은 화장실, 냉장고, 텔레비전, 모든 것을 혼자 사용할 수 있다. 이런 편한 곳에 있으니 아바이 동무와 같이 살았던 그때의 안락함이 가슴을 저며 왔다. 주미는 이제야 자신으로 되돌아온 것 같았다. 주미는 꿈속에서도 북한 공안들이, 또 태국에 자신들을 팔려고 한 나쁜 사람들이 쫓아왔다. 북한에서 배를 움켜쥐고 쓰레기를 뒤지고 공안에게 쫓기고 쫓기는 속에서 오직 살아남아야 한다는 것만이 지상의 목표였다. 사람들이 무서워 시장 거리로 나가지 않고 주워 온 것을 아끼며 일주일까지 버틴 적도 있었다.

여름에는 가져온 음식이 상해 밤새 설사를 한 적도 있었다. 그때는 개천의 물을 마셔도 설사했다. 몇 날 며칠을 물 한 모금도 마시지 않고 비몽사몽간에 별만 보았다. 그렇게 별이 주먹만 하게 보인다는 것을 처음 알았다. 시간이 갈수록 별이 더 많아져 마치 수놓은 듯 별 천지가 되어가는 것도 보았다. 주미는 이렇게 죽어도 괜찮겠다는 생각을 했다. 그때 아바이 동무가 들려주는 음악이 들리면서 주미의 주위를 부드럽게 에워싸는 것 같았다. 가끔씩 떨어지는 별똥별을 세며 의식이 멀어지는 것을 느꼈다. 주미는 며칠이 지났는지 몰랐다. 바람 부는 소리가 싸아 하며 나뭇잎들이 주미 위로 쏟아졌다. 주미는 그때서야 눈을 떴다. 기운은 없지만 의식이 맑았다. 요동치는 배가 조용해져 있었다.

하나원 생활을 할 때 탈북인들까지 자신을 마치 벌레보듯 피하며 서로 간에 눈짓을 했다. 그들과 함께 다니지 않고 피해 다녔다. 그러나 학습 시간이 되면 머리가 맑아졌다. 태어나서 공부라는 것을, 또는 학습이라는 것을 처음 했다. 처음 들어보는 것들이 어떻게나 재미있는지, 동무들은 '한글도 모르는 간나가 알긴 뭘 알갔디, 아는 체하는 것이디' 했지만 공부라는 것이 그렇게 재미난 것이라는 것을 처음 알았다. 그다음부터는 책만 들고 다녔다. 그리고 하나원에서 교육하는 내용 중에 모르는 단어가 있어도 몽땅 다 외웠다. 시험을 칠 때마다 1등을 했다. 그래도 그들은 주미를 보면 삐죽거렸다.

언니와 인신매매단을 따돌리기 위해 죽을힘을 다해 달린 때는 정말 죽고 싶다는 생각까지 들었다. 북조선 프락

치가 중국의 창녀촌에서 미리 돈을 받고 언니와 주미를 창녀굴에 팔았다. 중국에서 자신들이 처음 도착한 집이 태국과 연결된 창녀굴이었다. 주인 남자가 알아듣지도 못하는 말로 언니와 주미에게 말했다. 그때도 창녀촌이 뭔지 몰라 언니에게 물으려고 입을 떼려는 순간 언니는 자기 검지손가락을 입에 대어 아무 말을 못 하게 했다. 그 남자가 북조선에서 여자들을 데려오면 태국 창녀촌에 다시 판다는 것이다. 그날이 바로 태국 떠나는 날이라고 한다. 북조선에서 미리 온 여자들이 네 명 더 있었다. 그 언니들은 언니보다 더 나이가 많았다. 그 언니들이 계속 자신들이 들었던 이야기를 해주었다.

자기들은 미리 와서 중국 남자들에게 엄청 괴롭힘을 당했다는 것이다. 그 제일 나이 먹은 듯한 언니가 '저놈들이 얼마나 쑤셔대었는지 지금도 욱씬거리디! 종간나새끼들' 하며 어두워서 시꺼먼 동굴 같은 안쪽으로 주먹을 날렸다. 언니가 주미를 언뜻 보더니 주미의 귀를 막았다. 그 말 한 언니가 민망한지 '야도 산전수전 겪디 않았디? 하기야 아직 그런 거 알기에는 어리디, 야 이런 곳에서는 나이가 상관없디! 조심하라우!'

그날 점심을 상에 가득할 정도로 차려주었다. 주미는 물에 기름이 둥둥 뜨는 돼지고기와 두부, 비계만 있는 고깃덩어리 등, 많기는 해도 아무것도 먹을 수 없었다. 밤새 몇 번씩 빠져가면서 물을 건너오느라고 잠을 한숨도 못 잤다. 밥상 앞에서도 졸리기만 했다. 밥만 반찬 없이 퍼먹었다. 주미는 먹는 척하며 눈을 감고 앉은 채 잠을 잤다. 쉬라고 들여놓은 방에 들어가서도 깨울 때까지 죽은 듯이 잠을 잤다.

얼마나 잤는지 어둑해지자 이제 출발한다고 했다. 떠나기 전에 약을 하나씩 주며 먹으라고 했다. 잠자는 약인데 먹고 자고 일어나면 태국에 도착할 거라고 했다. 언니가 주미의 손에서 약을 뺏었다. 먹으면 안 된다고 눈짓한다. 주미는 약을 안 먹어도 계속 졸리다. 좁은 공간에 주미까지 다섯 명이 앉았으니 모두 몸을 밀착하지 않으면 불편했다. 주미는 언니 무릎에 앉다시피 포개었다. 차가 출발하고 얼마 안 있다 언니가 갑자기 웩웩거리며 멀미가 나는 것 같다며 다른 언니들을 오른쪽으로 밀치고 왼쪽 창문 쪽으로 옮겼다. 중간에 있을 때는 잠에 취한 언니들의 몸이 주미 여기저기를 부딪쳐 힘들었는데 한쪽 구석 창문 쪽으로 오니 움직이기 훨씬 나았다. 다른 언니들은 수면 제 탓인지 온몸을 흔들고 자느라고 정신이 없다.

두 시간 정도 갔나 했는데 펑 소리가 나더니 앞에 앉은 두 남자들이 내렸다. 남자들이 내려 아래를 내려다보며 격론을 벌이고 있다. 언니는 남자들이 있는 반대편 문을 살짝 열고 남자들 눈치를 봤다. 남자 둘은 차 트렁크 쪽으로 갔다. 뒤 트렁크가 열려 이쪽 시야를 막아주었다. 틈을 타 언니는 얼른 주미의 손을 잡고 끌어당겼다. 다른 언니들은 주미가 마음이 급해 거칠게 부딪쳐도 잠에 취해 움직임조차 없다. 언니가 먼저 내리고 주미를 안아 내렸다. 오줌 마려운 시늉을 하며 어두운 산속으로 올라갔다. 두 사람은 타이어를 꺼내는지 한참 낑낑거리는 소리가 났다. 언니는 차와 거리가 생기자 주미의 손을 꼭 잡고 달렸다. 산길이라 차가 올 수 없는 길을 택해 무조건 앞으로 달렸다. 두 남자는 타이어 가는 데 정신이 없었다. 다들 차 속에서 수면제에 취해 자고 있는 줄 알고 있을 것이다.

달리다 몇 번씩 돌에 걸려 주미는 넘어지며 죽을힘을 다해 달렸다. 주미는 그들이 곧 자신들의 덜미를 잡을 것이라고 생각했다. 뛰고 있는 건 주미가 아니고 한 쌍의 발과 다리였다. 오직 주미는 다리를 따라갈 뿐이었다. 주미는 생명 자체가 달리고 있는 것 같았다. 수도 없이 넘어지기도 했다. 몇 시간 동안 죽을힘을 다해 헉헉거리며 달렸다. 주미가 숨이 차 팍 꼬꾸라졌다. 이제 더 이상 못 달릴 것 같다. 꽤 추운 날인데도 등이 땀에 흠뻑 젖었다. 언니도 흙바닥에 대자로 누워버렸다. 그때 주미는 생각했다.

달리고 도망 다니는 것만이 주미의 삶의 모든 것이 되었다는 것을 알았다. 아바이 동무와 어마이 동무가 주미에게서 사라진 이후.

억만 겁의 시간이 지난 듯 겨우 정신을 차렸다. 다리를 질질 끌며 천천히 걸어 한 시간쯤 다시 갔다. 마을의 불빛을 보고 어느 집으로 숨어들어 갔다. 그 집 부엌에서 밤을 새었다. 잠에 취해 있는 주미를 언니가 깨웠다. 주미를 일으켜 세우며 그 집 사람들이 일어나기 전 나가야 한다며 새벽 거리로 나왔다.

음압병동에서는 밥도 도시락으로 7시, 12시, 6시 세 번 가져다주었다. 쓰레기조차 우주복처럼 방호복을 입은 의료진이 다 처리해주었다. 그 사람들이 들어올 때는 '마스크 쓰세요. 들어갑니다' 하고 크게 소리를 지른다. 어떤 땐 음압기 돌아가는 소리 때문에 못 들을 때도 있다. 노크도 크게 소리를 낸다. 노크 소리를 들을 때마다 주미는 적응이 되지 않아 깜짝깜짝 놀랐다. 처음에는 경황없이 검사받고 들어와서 이틀쯤 지나자 몸속에서 마치 반란을 일으키는 것처럼 온몸 어디 안 아픈 데가 없었다. 전혀 어떤 음식도 맛을 느낄 수가 없었다. 이틀 정도 끼마다 국물 외에는 손도 대지 않았다. 그러자 의료진이 식사 때마다 다 먹어야 빨리 이곳을 빠져나갈 수 있다고 했다. 밥을 먹지 못해 기운이 없어도 주미는 이 거창한 음압기 돌아가는 소리와 꽉 찬 듯한 병실과 방호복을 입은 의료진을 볼 때마다 위로가 된다. 자신을 따뜻하게 보호해주던 어마이 동무나 아바이 동무처럼 아늑하게 느껴졌다.

단지 산에서 맞이하는 찬란히 빛나는 별의 축제, 새벽의 찬 공기 속에서 맞이하는 빛 부채를 거느리고 나타나는 황홀한 햇살, 주미가 새록새록 잠이 들었을 때마다 함께 들리는 산의 숨소리가 너무나 그리웠다. 그러나 여기에서는 산속에서보다 아바이 동무가 들려주는 음악 소리가 귀에서 떠나질 않았다.

날이 갈수록 의료진이 좋아지고 있다는 말을 하는데도 여기에 갇혀 있다 아바이 동무도 만나지 못하고 혼자 어떻게 되지 않을까 차츰 불안해졌다. 산속에서 남자들에게 쫓기는 꿈을 계속계속 꾸었다. 열과 설사는 금방 그쳤는데 근육통은 계속되었다. 그리고 기침도 조금씩 나는 것 같고 눈도 충혈되는 것 같고 여기저기 몸이 조금씩 아프다는 생각도 들었다.

심리적으로 불안하니 할 것은 텔레비전 보는 것밖에 없었다. 드라마나 떠드는 만담 같은 것보다 조용한 음악이 마음을 편안하게 해주었다. 늦은 시간 텔레비전을 여기저기 돌리다 귀에 익은 음악이 들렸다. 주미는 소리를 높였다. 아, 이건 아바이 동무가 열심히 듣고 자신들에게 들려주던 그 음악이다. 밑에 자막이 흐른다. 쇼팽의 녹턴 야상곡이라고 나온다. 아바이 동무는 음악을 틀 때는 아주 작은 소리로 튼다. 그래서 음악이 항상 소곤거리는 소리 같다. 아바이 동무는 동네 사람들 들리지 않게 조용하고 낮은 음악만 틀었다. 퇴근해서 식사 전까지 한두 시간 경주와 주미랑 놀아준다. 식사가 끝나면 계속 거실 한쪽 구석에 있는 책상 아래에도 책상 위에도 많은 책을 쌓아놓고 책을 읽거나 무언가를 쓰고 있다. 주미가 자다가 화장실을 갈 때 어떤 땐 책에 걸리기도 했다. 주미의 기척에도 아바이 동무는 쓰는 데 집중하고 있었다.

어마이 동무가 있을 때는 음악을 틀지 않는다. 어마이 동무는 '부르주아 음악은 듣지 말라우' 하며 유성기를 꺼버린다. 한번 유성기 끄는 것을 아바이 동무가 못마땅해 해 두 사람이 말다툼을 한 적이 있었다. 아바이 동무는 '여보 제발, 이건 내 숨통이라우' 하며 사정하는 소리를 들었다. 어마이 동무는 '혁명 사업하는 사람의 정신이 저 따위로……' 하며 못마땅해했다. 어마이 동무는 그런 음악은 부자들이 듣는 노래라고 싫어했다. 어마이 동무가 부녀회 행사로 늦게 들어오는 날이면 그때는 내내 음악이 조용하게 호소하듯 흘러나왔다.

북조선에서나 중국에서 공안에게 쫓기던 생활을 하다 이렇게 시간이 멈춘 듯 병원에서 갇혀 있으니 그동안의 모든 것이 맥락 없이 들쑥날쑥 떠오른다.

아바이 동무가 남조선에 간 이후 집도 가구도 모든 것을 다 빼앗겼다. 어마이 동무는 공안으로 끌려갔다고 했다. 언니는 노상 아바이 동무를 '반동 간나새끼'라고 했지만, 주미는 아바이 동무가 들려준 음악과 다정했던 목소리가 뚜렷하게 기억난다. 이미 십 년의 세월을 훌쩍 넘겼다. 이름도 생각이 안 나고 얼굴도 희미한데! 언니는 아바이 동무가 우리들을 버렸기 때문에 우리가 개고생한다는 것이다. 버린 쓰레기를 뒤지거나 길거리에 떨어진 것을 주울 때마다 어마이 동무가 생일날 끓여준 따뜻한 밥과 미역국이 얼마나 눈앞에 아른거리던지. 미역국만 보면 어마이 동무를 만난 것 같다.

하나원에서 교육관이 물었을 때는 전혀 대답할 수 없었던 것들이 새삼 음압병실에서 하나하나 떠오른다. 교육관들은 주미가 무슨 말을 하면 그때가 언제냐고 묻는다. 주미는 자신의 기억이 온통 뒤죽박죽인 것을 안다. 몇 살 때냐고 물으면 아바이 동무가 남조선으로 갔다고 한 이후 다섯 살부터 언제가 일곱 살이고 언제가 아홉 살인지 기억이 들쑥날쑥이다. 단지 중간중간 단편적인 기억만 문득 문득 떠오른다. 꽃제비 생활에 요일도 나이도 필요 없었다. 단지 그날 하루 공안을 피해 어떻게 살아남았느냐만 있었다. 입만 떼었다 하면 아바이 동무를 '남조선 아바이 간나새끼'라고만 해 보기도 싫었던 언니까지 이제는 그립다. 어마이 동무가 공안에 끌려갔다, 다시 집으로 돌아왔을 때 아무래도 불안하다며 언니와 주미를 어느 건물 지하에 데려다 놓았다. 꽃제비로 돌아다닐 때 만난 동네 아주마이 동무가 주미를 잡고 울면서, 이틀이 지나 어마이 동무를 검은 선글라스에 검은 양복쟁이들이 두 명 와서 승용차로 데리고 갔다고 전해주었다. 며칠째 비가 내려 어두컴컴하고 축축한 지하에서 어마이 동무가 가져다준 것은 이미 다 없어졌다. 건물 주위의 밭으로 나가 주운 것도 거의 바닥을 보일 때였다. 지하로 내려오는 계단 밑으로 물줄기가 주룩주룩 흘러내렸다. 언니는 서둘러 방이라고도 할 것도 없는 거처의 바닥에서 옷 보따리를 선반 위로 올렸다. 다시 쭈글쭈글해진 감자 몇 알과 다 말라비틀어진 무 뿌리 몇 개가 들어 있는, 이미 빗물에 반쯤 젖은 박스를 번쩍 들었다. 언제나 덩그러니 혼자만 눈을 부릅뜬 것처럼 무섭게 서 있는 검은 찬장 속에 있는 잡동사니 속으로 비집고 쑤셔 넣었다. 주미보다 얼굴 하나는 더 큰 언니는 언제나 용감하고 씩씩하다.

아바이 동무도 어마이 동무도 없이 유일하게 피붙이인 언니. 주미의 눈앞에 언니가 마치 아지랑이처럼 어른거린다. 눈을 비비며 밖을 쳐다보았다. 반짝하고 햇볕이 드는지 지하의 계단에 가늘면서 긴 빛줄이 그어졌다. 언니는 밖을 쳐다보려고 발돋움을 하며 창 사이를 비집고 눈을 맞추었다. 주미는 언니의 허리춤을 잡고 발돋움을 했다.

"아아, 저기 무지개!"

"무지개가 뭐래? 내래 보고 싶어!"

"간나 너래 키가 작아 볼 수 없지비!"

주미는 그날 언니가 설명해주고 연필로 그리기까지 해준 무지개를 머릿속으로 상상했다. 언니는 "저 무지개가 아바이 동무가 있는 남조선에도 가겠지, 아바이 동무 반동 간나이새끼! 왜 우리를 두고 남조선에 가서 우리를 이렇게 거지새끼를 만드네! 내래 저거 타고 아바이 동무한테 가서 복수할 것이지비!"

"어마이 동무는?"

"어마이 동무는 어디로 갔는 줄 모르지비!"

"그래도 어머니 동무가 여기서 기다리라고 했지비!"

"먹을 게 하나도 없지비. 내래 오늘 나가서 먹을 것을 찾아볼 테니, 넌 여기서 기다리면 꼭 돌아올 기니께. 알갔디?"

"내래 같이 가면 안 되갔디?"

"어마이 동무 말 못 들었네? 둘 다 잡혀간다고 안 그러디! 싸게 올 거니까 기다리고 있으라우. 알갔디?"

그리고 언니는 돌아오지 않았다. 몇 날 며칠을 지하에서 쭈그러진 생감자와 말라비틀어진 무를 씹으며 허기를 견뎠다. 자다가 말다가 바람 소리나 무슨 소리만 나면 깜짝깜짝 놀라며 일어났다. 언니나 어마이 동무가 오나 하고 기다려도 오지 않았다. 차츰 허기가 져서 걸을 수도 없었다. 잠바를 뒤집어쓰고 바닥에 누워서 자다가 깨다가를 반복했다. 오줌이 마려워 기어서 잡동사니가 쌓여 창고처럼 되어 있는 구멍만 파진 화장실로 갔다. 새까만 벌레들이 사람 소리를 듣고 사방으로 흩어졌다. 그날 이후 주미는 혼몽한 의식 속에 그 벌레들이 자신의 몸을 타고 기어오르는 꿈을 계속 꾸었다.

그때였다. 아바이 동무가 언제나 저녁이면 들려주었던 음악 소리가 희미하게 들려왔다. 주미는 그 음악을 들으니 아바이 동무가 보고 싶고 어마이 동무도 보고 싶어 눈물이 그치질 않았다.

남조선에 왔을 때 제일 먼저 아바이 이름을 물었다. 그때 처음 아바이 이름을 기억하려고 했지만 기억이 나지 않았다. 지금까지 북조선에 있을 때나 중국에 있을 때는 누구 하나 이름을 물은 적이 없었다. 하기야 다섯 살 이후 한 번도 아바이 동무 이름을 들어보지 못했다. 언니는 '반동 간나이새끼'라고만 아바이를 불렀다. 그러니 주미가 어떻게 아바이 동무 이름을 기억하겠나. 오직 아바이 동무가 남조선에 갔다는 것만 머릿속에 있다. 하나원의 교육관도 북조선에서 반동으로 몰기 위해 일부러 남조선에 갔다고 거짓으로 그렇게 말할 수도 있다고 했다. 아바이 동무 한 사람 때문에 언니를 뿌리치고 남조선까지 왔는데. 주미는 어마이 동무보다 아바이 동무가 더 보고 싶다.

북조선에서 꽃제비로 있을 때나 중국에서 공안에게 쫓겨 다니며 텔레비전을 보는 것은커녕 그런 것이 있다는 것도 몰랐다. 남조선에 와서 처음으로 하나원에서 보았다. 주미는 남조선에서 보는 모든 것이 신기했다. 하나원에서 처음에 한글도 모른다고 구박을 받았다. 얼마나 고마운지 하나원에서 그 근처 대학의 학생을 시켜 한글을 주미만 따로 가르치도록 해주었다. 덕분에 주미는 하나원에서 한글을 다 떼었다. 교육을 받으면서도 주미는 마치 스펀지인 양 그대로 빨아들였다. 다른 탈북 학생들은 북조선에서는 어떠니 하면서 비교도 하고 불평도 했지만 주미는 북조선에서 학교를 안 다녔기 때문에 남조선에서 교육을 받은 그대로 받아들였다. 그래서 교육관들이 주미를 특히 귀여워했다.

문제는 취업이었다. 기술이나 전공한 것이 없으니 취업이라 할 수도 없었다. 탈북자들도 웬만하면 다 대학을 나왔고 자신들의 부모들이 당 중요 직책이 있었다고 말한다. 그러나 하나원 선생님들은 그들이 말하는 것을 아무도 믿지 않는다. 물론 꽃제비 출신인 주미의 아버지가 교수였다는 것도 믿지 않았다. 교육관은 주미더러 낮에 일을 하고 밤에 야간학교라도 다니라고 했다. 머리가 너무 아깝다고 했다. 주미는 아바이 동무를 만나기 위해서 얼마만큼 버텨야 할지 모르기 때문에 우선 취업을 해야 한다고 생각했다.

주미가 취업할 수 있는 곳은 파출부밖에 없었다. 그런데 파출부는 신분보증을 요구하고 남조선 가정에서 탈북민을 원하는 가정이 없었다. 할 수 없이 요양보호사 자격증 공부를 하고 자격증까지 땄지만 거기 선생님들은 고개를 갸웃거렸다. '그 몸으로 간병인을?' 면접에서 떨어질 것이라고 했다. 가끔 24시간 토요일까지 간병인이 붙어 있기를 요구하는 곳이 있었다. 그냥 환자 옆에 붙어 있어주는 간병인이면 오케이였다. 24시간 토요일까지 근무할 간병인은 좀체 없었다. 주미는 무조건 오케이였다. 남한에서 정착하기 위해서는 독립할 수 있는 어느 정도의 돈은 모아놓아야 한다고 하나원 선생님들이 입이 닳도록 이야기했다. 정착금도 여기까지 주미를 데려다준 브로커가 가져갔다. 하나원에서 나오면서 주미는 다시 거지가 되었다. 정부에서 탈북민이 정착하기 전까지 주는 두 명이 같이 쓰는 임대아파트는 첫날 외에는 가서 잔 적이 없다.

주미는 사람들이 호기심에서 자꾸 물어보는 말들이 무섭다. 아바이 동무가 교수였다는 것도, 심지어 자신이 탈북민이라는 것도 거짓부렁이라고 했다. 주체사상이 어쩌고 사회주의가 어쩌고 등 탈북민이면 다 아는 것을 모른다는 것이다. 그러나 주미는 어느 꽃제비도 그런 말을 한 것을 들어보지 못했다. 그래서 탈북민도 남조선 사람도 무섭다. 다른 사람과 함께 있으면 무서워, 아바이 동무가 들려주던 음악도 들리지 않았다. 음악이 들리지 않으면 불안하고 초조해 심리적으로 안정이 되지 않았다. 그건 주미에게 한때는 자신에게도 가족이 있었음을 알리는 위로였고, 이 음악을 통해서 아바이 동무를 조금이라도 가까이하고 싶었다.

언니랑 살던 지하에서 빠져나와 산속에서 잘 때부터 알지 못하는 음악이 귓속에 반복적으로 들려왔다. 그 음악은 마치 자장가 같기도 했고 자신을 위로하는 것 같았다. 그래서 그 음악만 있으면 어디든 무섭지 않았다. 시커먼 숲속에서 자신을 에워싸는 싸늘하면서도 으스스한 검은 기운도, 시도 때도 없이 울어대는 짐승들의 포효 소리도 음악 속에 젖어 있으면 무섭지 않았다.

　남조선 대부분의 병원 가까이에 있는 자그마한 산은 북조선에서 가족들이 오순도순 살 때의 뒷산 같았다. 남조선에는 병원에서 조금만 나가면 가까이 있는 숲을 발견할 수 있다. 어떤 병원 근처에는 산도 있었다. 그리고 금방 숲을 발견할 수 있다. 잠이 일찍 깬 새벽에는 산에서 산 숨소리가 들리는 듯했다. 새벽 숲 사이로 퍼지는 햇빛과 나뭇잎마다 맺힌 이슬방울마다 다르게 그려지는 빛의 곡예는 이 세상 어떤 아름다움보다 더 찬란하였다. 이제는 아침마다 재재거리며 잠을 깨우는 참새의 소리도 다 알아듣게 되었다. 알지 못하는 큰 새가 옆으로 올 때의 위험을 알리는 재재거리는 소리가 좀 더 날카롭고 연속적으로 재재거린다. 그럴 때 주위를 두리번거리면 꼭 이름도 알지 못하는 큰 새가 참새 떼를 노리고 있다.

　어느 날 잠결에 어디선가 풍겨오는 꿈같이 아름답고 달콤한 향기에 눈을 떠보니 그동안 보지 못했던 하얀 꽃들이 여기저기 피어 있었다. 나중에 간호사에게 물었더니 아카시아꽃이라고 했다. 남조선의 병원 근처의 작은 숲속에는 북조선에서 보지 못하고 알지 못했던 매일 다른 기적들이 일어난다. 주미가 북조선에서 공안에게 쫓겨 다닐 때에 비하면 남조선에서 간병인 일을 끝내고 찾는 토요일 저녁의 숲속은 훨씬 평화롭고 아늑하다.

반동 동무가 득실거리는 남조선에 왜 가냐고 언니는 붙들었지만, 주미는 남조선 자체가 아바이 동무 같았다. 아바이 동무는 남조선의 따뜻함을 가지고 있었다. 아바이 동무는 항상 주미에게나 가족에게 다정하고 다감했다. 혁명 사업을 한다면서 어마이 동무는 언니와 주미를 몰라라 했지만 아바이 동무는 동네에서 제일 먼저 퇴근했다. 언니와 주미에게 언제나 중국에서 가져왔다는 유성기에 판을 걸어 음악을 틀어주었다. 음악은 어마이 동무가 없을 때만 틀었다. 어마이 동무가 사업 일로 바빠 식사 준비를 못 할 때는 김치볶음밥도 만들고 계란말이도 해주었다. 언니가 말하는 반동 간나새끼가 아니었다. 아바이 동무를 만날 수 있을 때까지 견딜 수만 있으면 되었다.

아바이 동무가 사라진 이후에도 아바이 동무가 들려준 음악은 언제나 주미 속에 흐르고 있었다. 그 곡들이 어떤 곡인지 누구 것인지 모르지만 주미 몸속을 흐르고 흘러 피와 살이 되어 있다. 남조선 버스에서 흘러나오는 소리가 익숙하다 했더니 아바이 동무가 들려준 바로 그 음악이었다. 주미가 익숙한 음악은 모두 아바이 동무가 들려준 음악이다. 버스에서 그 음악을 듣고 그 곡이 어떤 곡이냐고 옆에 있는 남학생에게 물으려고 고개를 돌렸더니 그 남학생은 자리에서 일어났다. 그 정류장에서 그만 내려버렸다. 그 음악을 알면 아바이 동무를 찾을 수 있을 것 같은디.

침대에 누워 있으면 근육이 여기저기 욱신욱신 쑤시고, 몽롱한 가운데 음악을 듣고 있으면 마치 아바이 동무가 자신을 어루만지는 것 같다. 열은 진작 내리고 설사도 그쳤는데 근육통은 쉽게 없어지지 않았다. 그것도 심하지 않게 기분 좋은 만큼 욱신거렸다. 그래도 언제나 아바이 동무가 떠난 이후 머릿속에서만 맴돌던 음악을 듣고 있으면 어떤 아픔도 참을 수 있을 것 같다. 아바이 동무와 함께 들었던 음악을 들으면 마치 아바이 동무를 다시 만난 것 같다. 아바이 동무는 이것 말고도 조용한 음악을 많이 들려줬다. 제목을 알았으니 이제는 유튜브로 검색해 계속 쇼팽의 녹턴 야상곡을 반복해서 들었다. 가끔 음압기 돌아가는 소리에 방해가 될 때는 큰 소리로 들었다. 그럴 때 북조선이 아니라 남조선이라는 것이 너무 좋았다. 아바이 동무는 음악도 부르주아 음악이라고 마음대로 들을 수 없게 하는 북조선에서는 불행했을까. 이런 음악을 듣고 있으면 마치 아바이 동무가 자신을 어루만지는 것 같다. 쫓겨 다닐 때는 배를 채우기 위해 먹었다. 음압병동에 와서, 아바이 동무가 사라진 이후 처음으로 제대로의 식사를 한 것 같다. 쫓기면서 먹은 것은 먹이지 식사가 아니었다. 여기서 비로소 자신이라는 것에 대해 생각하기 시작했다. 그래서인지 그동안 꽁꽁 머릿속에 숨어 있었던 기억들이 '나 여기 있지' 하고 들쭉날쭉 튀어나왔다. 아바이 동무와 어마이 동무와 함께 행복했던 기억이 마치 어제 일처럼 생생하게 떠올랐다. 주미는 아바이 동무를 기억해 내기 위해 기억력을 더듬었고 머릿속으로 그동안의 삶을 엮어내었다.

문득 한 장면이 떠올랐다. 주미가 감기로 열이 심해 나가던 유치원도 빠졌다. 어마이 동무는 동원령이 내렸다고 점심을 잠시 챙겨주고는 저녁 먹을 때에도 돌아오지 않았다. 아바이 동무가 물수건을 찬물에 적셔 이마에 얹어주고 있었다. 어마이 동무가 왔다. 주미는 아랑곳없이 아바이 동무에게 고함을 질렀다.

"동원령이 내린 것 모르디는 안 갔디? 혁명 광장에 나오지 않갔시요?"

"열이 펄펄 나는 아이는?"

"그까짓 감기! 날래 낫기요. 아이보다 혁명과업이 더 중요하디요."

그러면서 아바이 동무를 일으켜 세우려 했다. 아바이 동무가 어마이 동무의 손을 확 뿌리쳤다. 어마이 동무는 얼굴이 빨개지며 자신의 화를 다스리지 못해 씩씩거렸다. 문턱에 서서 아바이 동무를 바라보며,

"혁명광장에 나가서 자아비판 하기요. 알갔시요!"

고함을 지르며 현관문을 꽝 닫고 나갔다. 어마이 동무는 그날 집에 들어오지 않았다.

주미는 밤새 심한 열이 났다. 온몸에 열꽃이 피었다. 목소리도 나오지 않았다. 그날 아바이 동무는 주미 때문에 대학을 나가지 못했다. 아버지가 대학에 근무했다는 생각도 이제 분명히 났다. 그 생각까지 미치자 주미는 '그래, 아바이 동무는 남조선에 온 게 확실해'라는 확신이 들었다. 아바이 이름을 기억해 내자. 퇴원을 하면 하나원 교육관을 찾아가 보자. 대학교 나가던 남조선에 오신 분들이 많지 않을 것이다. 곧 아바이 동무를 뵐 수 있을 것 같은 예감이 든다. 조용한 공간에 갇혀 있으니 아바이 동무 생각이 더 간절하다.

그 생각을 마치고 자려고 텔레비전을 끄려는 찰나였다. 뉴스가 나오며 속보라는 자막이 떠올랐다. 이번 코로나 바이러스로 북한에서 온 K대학 교수였던 공순국 씨 중태! 탈북자 공순국 씨가 신 코로나 바이러스에 감염, 일주일

째 혼수상태에 있다는 것이다. 주미는 벌떡 일어났다. 분명 아빠다. 주미의 성이 공씨가 아닌가. 그러자 어느 방송에서는 아바이의 모습이 보이는 영상까지 나왔다. 얼굴이 인공호흡기로 가려 있다. 병상 사진이라 확실하게 알아볼 수 없지만 큰 키와 갸름한 얼굴! 온몸에 소름이 돋는다. 이런 것을 기적이라고 하는가. 자신의 간절한 소망이 하늘에 닿은 것이다. 안절부절못했다. 당장 달려가고 싶다.

주미는 안타까웠다. 아바이 동무까지 신 코로나로 입원. 운명의 장난이누만. 주미는 어쩔 줄을 몰라 이리 왔다 저리 왔다 하며 의료진에게 연락을 할까 하고 비상전화를 들었다 놓았다를 반복했다. 이럴 때일수록 좀 더 마음을 차분히, 심호흡을 반복했다. 그러나 중태라는 말에 도저히 참을 수가 없다. 간병인으로 있으면서 얼마나 많은 중태에 빠진 환자들을 보아왔는가. 금방 하루도 안 되어 돌아가시는 분도 있고, 몇 달을 버티다 완치되는 분도 계시다. 아바이 동무가 돌아가시면 안 된다. 주미는 마음이 급했다. 자신도 여기서 완치 판정을 받아야 외출을 할 수 있다. 그전에 아바이 동무가 돌아가시면 주미가 남조선에 온 아무런 의미가 없다. 주미는 가슴이 터질 것 같고 마음이 불안해서 견딜 수가 없다. 오늘은 이미 새벽 1시다. 내일 일단 의료진에게 사정 이야기를 하고 방송국을 접촉해

신 코로나에 걸린 북한의 K대학 교수였던 탈북 교수 전화 번호를 알아 달라고 사정을 해야겠다.

다음 날 주미는 의료진에게 자세한 내용을 전달하고 방송국 이름을 말해주었다. 영원히 끝날 것 같지 않는 긴 터널 속에 갇혀 있는 초조함 속에서 이틀이 지나 의료진을 통해 그쪽 교수의 말을 전달받았다. 의식이 혼미한 상태라 아직 대화가 힘들다고 했다. 주미는 더욱더 마음이 초조해졌다. 자신이 빨리 완치 판정을 받아야 한다. 며칠이 지나자 다시 전언이 왔다. 자신의 딸들은 북한에서 잘 지내고 있다는 전언이었다. 그러고는 연락이 끊겼다. 주미가 자신의 이름이 공주미이고 자신이 공순국 교수 딸이라고 해도 그쪽으로 전달이 되지 않았는지 그 이후 전혀 연락이 없었다.

주미는 그날부터 완치 판정을 받기 위해 주는 밥을 깨끗이 다 먹었다. 좁은 공간이지만 방을 왔다 갔다 하며 걷기 운동도 했다. 또 텔레비전에서 체조 프로그램을 따라 하며 초조한 마음을 달랬다. 계속 텔레비전 뉴스만을 보았다. 그 이후 뉴스에는 더 이상 나오지 않았다. 그사이 돌아가시지나 않았나 하는 생각으로 잠을 잘 수가 없었다. 다시 목이 아프고 머리까지 지근거린다. '안 돼, 빨리 완치 판정을 받아야 해. 아바이 동무한테로 가야 해, 아바이 동무가 빨리 중태에서 벗어나야 할 텐데.' 주미는 초조하면서도 한편으로는 요양사 자격이 있는 것이 얼마간 위로가 되었다. 다시 수면제를 달라고 해서 코를 드렁거리며 잤다. 매끼 식판을 싹싹 긁어 밥을 쌀 한 톨도 남기지 않고 다 먹었다. 차츰 기분이 상쾌해졌다. 주미가 완치 판정만 받으면 아바이 동무 있는 쪽으로 갈 것이다.

완치 판정을 받고 퇴원 수속을 하려고 대기실에서 기다리자니 어떤 남자가 '공주미'를 찾으러 왔다. 그 남자는 선물 상자처럼 몇 겹으로 싼 조그만 상자를 주미에게 내밀었다. 그리고 혼자만 보라고 했다. 그 남자가 가고 난 다음 주미는 조급증이 나서 견딜 수가 없었다. 화장실로 갔다. 그리고 그 상자를 열어보았다. 그 속에는 조그마한 녹음기와 몇 겹을 싼 쪽지가 들어 있었다. '공주미 양의 빠른 쾌유를 빈다' 밑에는 쓴 분의 이름도 없었다. 빨리 녹음기를 틀어보았다. 아, 그 녹음기에는 아빠가 평소 듣던 음악이 거의 다 들어 있었다. 주미는 화장실에서 녹음기 옆에 있는 이어폰을 꺼내 음악을 들으며 하염없이 울었다. 남조선에 있다는 것만으로 주미는 위로가 되었다. 언제가 되든 아바이 동무를 만날 수 있다는 것만으로 그동안의 고생이 모두 고통스러운 쾌락처럼 생각되었다.

2020년, 봄

김
지
수

김지수

1986년 《한국문학》 신인상, 1987년 〈동아일보〉 신춘문예 중편소설 당선.
2011년 〈한국소설가협회상〉 수상. 작품집 《크로마하프를 켜는 여자》《들꽃
이야기》《고독한 동반》《푸른 그네》《누가 강으로 떠났는가》, 장편소설 《문명
왕후 김문희》 등이 있다.

부재중 전화에 딸이 찍혀 있었다.

자식들의 전화는 반가우면서도 은근히 두려웠다. 행여 무슨 일이 생겼나 싶은 우려가 그 존재의 비중만큼 컸다. 터지지 않은 폭탄처럼 여겨질 때도 있었다. 근접공격은 치명적일 것이다. 더욱이 요즘은 하루아침에 변한 세상이었다. 들어본 적도 없는 괴질이 먼 소문처럼 번지더니 이제는 분별없이 일상을 위협하고 있었다. 감염자가 돌발적으로 늘어나면서 이 또한 지나가리라는 희망들은 속절없이 무너졌다.

대구로 내려간 아들네는 물론이고 스물일곱이 되자 독립해 나간 딸도 주희에게는 걱정거리였다. 딸은 아들보다

덤덤한 성격이어서 특별한 용건이 없으면 부러 연락을 해오는 일이 드물었다. 문자로 안부는 주고받지만 대체로 무소식이 희소식이었고 평안한 일상이었다. 이를테면 전화가 왔다는 건 뭔가 일이 생겼다는 뜻이기도 했다.

의대 봉사 동아리에서 만나 결혼 전부터 함께 오지 의료 봉사를 나가던 아들 부부는 코로나 사태가 심각해지자 곧장 도움을 필요로 하는 대구로 내려갔다. 얼마나 겨를이 없었는지 며칠 전에야 완전무장한 방호복 차림으로 부부가 같이 V자를 그려 보이는 사진 한 장을 보내왔다. 좀 더 자세히 살피고자 확대해 보면 마스크 위에 착용한 고글 안에 배출하지 못한 땀과 습기가 가늘게 맺혀 있는 것이 보였다. 밀착한 마스크와 고글이 주는 압력으로 피부염이 생기고 소금기 있는 땀이 거기 스미면 몹시 쓰라리다는데 그런 염려가 먹혀들 상황이 아닌 듯해서 그냥 건강히 잘 귀환하라고만 답신을 보냈다. 의료진 감염이 우려되었으나 본인들이 장담한 대로 알아서 잘 해내리라 애써 믿기로 했다.

늘 마음에 걸리는 건 딸이었다. 부재중 전화를 확인한 주희의 가슴이 공연히 후르르 떨린 것도, 늦게 낳은 딸이 아직도 철부지로 느껴지는 데다 가끔 예상치 않은 일을 벌여서 늘 신경이 쓰였기 때문이었다. 모교에 시간강사로

나가면서 유명 학원의 강의를 짬짬이 맡더니 아예 둘 다 접고 개인 학원을 차렸고 그렇게 일만 하는가 했는데 어느 날 남자친구가 생겼다며 데리고 와 덜컥 예식 날짜까지 잡았었다.

그리고 그 애가 마지막으로 전화해 온 것은 열흘 전쯤, 두 번째로 결혼식 연기를 알리는 통보였었다.

아버님이 그러셨대. 이번엔 아예 두 달 후로 늦추라고.

국내로 유입된 바이러스가 순식간에 전국적으로 퍼져 나갈 때 딱 일주일을 앞둔 딸의 결혼식은 한 달 후로 연기됐었다. 그때도 예비 사돈은 일방적 판단을 내렸다. 어느 정도 예견된 상황이었지만 불편하고 당혹스러웠다. 서로 같은 입장인데 사전에 한마디 의논이라도 해줬어야 예의지 않았나 서운하고 부당한 마음이 들었다.

결국 상대편이 먼저 결단을 내려주어 다행으로 받아들이기로는 했지만 뒷감당은 고스란히 이편이 맡았다. 지방에 사는 사돈과 직장에 매인 사위 대신 예식장, 신혼여행, 미용실, 촬영, 이바지 음식, 혼수 등 촉박하게 닥쳐온 기일들을 당장 쫓아다니며 해결하느라 온 가족이 진이 빠졌고 그에 따른 경제적 손실도 적지 않았다. 변경된 청첩 안내

장을 다시 보낼 시간적 여유가 없어 미친 듯 전화를 돌리기도 했었다.

두 번째 연기 때도 마찬가지였다. 수그러들기는커녕 집단 감염이 확산되는 상황에 예비 사돈이 내린 일방 통보를 딸이 다시 그렇게 전달해 왔다. 첫 번째도 그랬지만 그때도 망치로 뒤통수를 맞는 것 같았다. 망치는 사돈이 들고 있었지만 그도 전혀 고의가 아닐 것이기에 더 이상 불평할 여력도 없었다.

엄마, 걱정 마세요. 그냥 예식만 연기되는 거야.

당황했던 첫 번째와 달리 이미 알아서 뒤처리를 마무리했다는 딸은 통화 끝에 한 마디 그렇게 덧붙였다. 맞는 말이었다. 예비 신랑 신부는 처음 예정되었던 결혼식 며칠 전 이미 관면 혼인식을 마쳤다. 주희 가족이 다니던 성당에서 신부님 주례로 증인을 세우고 서약하며 축성된 반지로 예를 올렸으니 부부와 마찬가지였다. 비신자와 결혼하는 경우 미리 저촉된 사항을 면제해 주는 관면을 받은 것이다.

이어 기일이 닥친 신혼집 잔금을 치러야 해서 딸은 오피스텔 보증금을 빼서 먼저 입주했다. 주희가 방문했을 때는 비밀번호가 바뀌어 있었고 이런저런 평계로 알려주지 않는 걸로 미루어 그 뒤 사위도 자연스럽게 합류한 듯했다. 내친김에 혼인신고도 마쳤다니 정말 두 사람은 이제 사회적인 결혼식만 남았다.

'딸내미'가 떠 있는 휴대폰을 손바닥에 올려두고 주희는 화면만 골똘히 내려다보았다. 또 무슨 일이 터진 건 아닌지 궁금하고 걱정은 되었지만 당장 전화를 해볼 상황은 아니었다. 지하철 안이었고 일단 마스크 쓴 숨이 편안하지 않았다. 이 시국에 어디를 가는 길이냐고 딸이 물으면 정직하게 답변할 수도 없었다. 만성 폐쇄성 폐질환으로 일 년 가까이 치료 중이고 삼 개월마다 정기검진을 받는다는 사실은 아직 자식들에게는 알리지 않았다. 알아서 잘 치료받으면 되지 자기 일로도 바쁜 애들에게 공연한 걱정을 끼치고 싶지 않았다. 나이 들면 한두 가지 지병들을 달고 살 것이고 자기만 아는 심성 고약한 친구처럼 더불어 다스려 가면 될 것이었다.

화면에는 부재중 전화 외에 중앙재난안전대책본부의 안내문과 각 구청에서 보낸 알림 메시지도 떴다.

〈ㅇㅇ구청〉 코로나19 확진자 2명 추가 발생, 격리, 방역, 역학조사 완료. 자세한 내용은 홈페이지 참고 바랍니다.

올라와 있는 주소를 누르자 구청의 홈페이지가 떴다. 확진자 동선을 검색해서 그 이동 경로를 위치와 시간대별로 자세히 살펴보았다. 주희가 지나고 드나든 경로와 겹치는 곳은 없었다. 아무런 관련 없는 타인의 행적을 이런 식으로 꼼꼼하게 추적하게 될 줄 몰랐다. 황당한 일이었지만 안전을 지키기 위해서는 이렇게나마 주의를 게을리하지 않을 수 없다.

휴대폰 케이스를 덮으며 고개를 들었다. 폐쇄된 공간에 얼굴을 반쯤 가린 마스크들이 묵묵히 들어차 있는 광경이 순간적으로 재난영화의 한 장면과 겹쳐 보였다. 여기서 컷을 외치고 촬영 중지를 한다면 다음 장면은 어떤 추이로 이어질지 아직은 짐작할 수 없었다.

어떻게 보면 억지로 욕망이 차단된 상징체처럼도 보였다. 먹고 마시고 뱉고 삼키고 웃고 떠들며 그 입을 열어 얼마나 많은 욕구 발산을 해댔던가. 하루아침에 조심스러워진 그 같은 행위가 이제 공공의 장소에서 억눌러지고 제재를 받게 되었다는 사실이 좀처럼 익숙해지지 않았다. 어쩌면 이제 그만 입 닥치고 네 안의 소리를 들으며 내면을 탐구해 보라는 계시이지는 않을까. 고통스럽게. 바짝 숨을 조이며.

누군가 밭은기침을 했다. 보이지 않는 불안과 긴장감이

잠깐 비말처럼 번졌다. 이들 중에 차후 낱낱이 동선을 드러내야 할 확진자가 있을 수도 있었고 어제 붐비는 마트에 다녀온 나 자신이 어쩌면 무지한 전파자가 되어 있는지도 모를 일이었다.

몇 정거장을 더 지나는 동안 주희의 호흡은 점차 더욱 거북해졌다. 동여매진 듯 답답해지면서 짓눌리는 느낌도 들었다. 이마에 바짝 진땀이 돋아나고 목구멍이 서서히 틀어막히는 것 같았다. 어릴 때 친구들과 비닐로 몸을 감싸는 놀이를 했었는데 금방 숨통이 막혀 풀어버릴 여유도 없이 급히 가위로 비닐을 잘라버린 경험이 있었다. 바람막이 옷을 입어도 마찬가지 현상이 일어났다. 특수하게 조직된 천이 통기를 막는 때문이었다. 피부도 숨을 쉬고 자신의 폐가 다른 사람들보다 훨씬 기능이 약하다는 것은 이후 알았다. 누구보다 더욱 신선한 공기가 필수였다.

더 이상 견디지 못한 주희가 조심스레 마스크의 아랫부분을 들어 올려 크게 숨을 들이마셨다. 밀폐된 공간에 떠돌던 바이러스가 흡입된다 해도 당장 어쩔 수 없었다. 거친 호흡이 조금 나아진 듯했으나 타인의 눈치가 보였고 이제 진땀은 등줄기로 번졌다.

다음 정차역에 이르러 문이 열리자마자 주희는 더 헤아릴 겨를도 없이 지하철에서 뛰어내렸다. 맹목적으로 계단을 찾아 급히 지상으로 올랐다. 바깥 공기가 코끝으로 스며들자마자 귀에 걸린 마스크의 고리를 내리고 크게 심호흡을 했다. 순간적으로 기침이 터졌다. 근처에 서 있던 남자가 눈살을 찌푸리며 저만치 떨어져 섰다. 차오른 가래를 뱉고 마스크를 되쓰며 안내판을 살폈다. 이제부터 버스를 타고 가면 예약 시간에 제때 도착하게 될지 몰라 마음이 급해졌다.

때마침 벨이 울렸다. 딸인가 싶었는데 남편이었다.

언제 와?

채근하듯 성급하고 거친 목소리가 들렸다.

아들 부부가 떠나기 전에 양해를 바란 대로 하나밖에 없는 손녀는 며느리의 친정과 일주일씩 번갈아 맡기로 했다. 올해 초등학교 입학생인 아이는 등교는커녕 외부에도 마음껏 못 나다니고 있는데 오늘은 주희의 외출로 온전히 남편 혼자 돌보고 있었다. 수화기 너머로 아이의 울음소리가 메아리처럼 들렸다. 짜증이 솟았다. 집 떠난 지 얼마나 됐다고 벌써 귀가 시간을 묻고 있는 남편 때문인지, 자주 징징거리는 손녀 때문인지, 빠른 전철을 이어 타지 못하고 내려버린 자신 때문인지, 무언가 불길한 예감을 주는 딸의 부재중 전화 때문인지 뒤범벅이 되었다.

아직 도착도 못 했네. 걔는 왜 또 울리고 그래?
몰라, 뭘 해달라는지도 모르겠어.

남편이 안절부절 난감한 목소리로 대답했다. 정말 뭘 해줘야 하는지 모를 것이다. 아마 아이 역시 자신이 칭얼거리는 감정의 정체를 파악하지 못할 것이었다. 첫 등교에 대한 호기심과 기대에 차 있던 아이는 학교는 물론 이웃 친구들과의 교류도 끊기고 느닷없이 일상을 갇혀 지내게 되자 온갖 투정만 늘었다. 생일에 반짝이 왕관을 쓰고 유치원 친구들과 의기양양 사진을 찍은 아이는 지금 밖에서 무섭게 설치고 있다는 어떤 괴물의 이름이 왕관인 코로나인 것을 이해하지 못했다.

과자랑 먹을 거라도 아무거나 줘봐요.
다 줘봤어, 쟤 아무거나 먹지도 않잖아.
그럼 나도 몰라, 버스 오네. 끊어.

신호등이 풀리고 도로 저편에서 버스가 건너오는 것이 보여 주희가 전화를 끊었다.

승차 손님은 그녀뿐이었고 차내는 거의 비었다. 좌석에 앉자마자 유리창을 조금 열었다. 버스가 속도를 내 달릴 때마다 아직 찬 기운이 묻은 바람이 태풍처럼 쏟아져 들어왔으나 그대로 내맡겼다.

차창으로 가로수와 그 뒤편의 산들이 스쳐 지나갔다. 지나간 계절의 흔적이 남은 풍경은 여전히 삭막했지만 어딘지 푸른 기운을 입김처럼 풍기는 나무들이 보였다. 참, 봄이었지. 봄이구나. 언뜻 그런 생각이 스쳤다. 먼 나라의 소식처럼 아득하고 뜬금없는 느낌이었다.

딸에게 전화를 해볼까 잠시 망설였다.

별거 아니야. 그냥 봄이어서.

왜 전화했던 거냐고 묻기도 전에 딸이 흔연한 목소리로 그렇게 대답을 해주면 얼마나 좋을까 생각했다.

그래, 봄이구나. 신혼인데 얼마나 행복하니.

역시 흔연하게 그녀도 말을 받으면 좋겠다고 생각했다.

곧 꽃이 만발하고 연둣빛 잎들이 마구마구 피어나

는…… 축제겠구나. 온 산과 들이 축제겠구나. 그래, 봄이
니까.

설령 딸이 뭔가 염려스러운 얘기를 꺼내더라도 푸른 잎
사귀를 깃발처럼 흔들며 달래줄 언어들을 생각해 냈다.

걱정 마라. 역사는 원래 걸레처럼 지저분해. 어떻게 봄
날 같은 날들만 있겠니. 남들도 다 그렇게 겪으며 산단다.
세계가 다 이 지경인데 우리도 잘 견뎌보자꾸나. 어쨌든
지금은 봄, 봄이잖니.

생각은 이어졌지만 선뜻 전화를 걸어볼 수가 없었다.
머뭇머뭇 망설이다 그만두기로 했다. 지가 급하면 또 전
화를 주겠지. 털어보아도 마음 어딘가에 커다란 불순물을
매달고 있는 것처럼 무겁고 개운하지 않았다.

딸은 어렵게 차린 입시학원을 이번에 한시적으로 폐쇄
했다. 미처 자리를 잡기도 전에 사태가 터졌으니 결혼식
문제가 아니더라도 이것저것 힘든 점이 많을 것이었다.

겨우내 닫아두어 개폐가 뻑뻑한 창문을 애써 더 밀어젖
히고 주희는 깊은 숨을 내쉬었다. 국경 너머 뉴스로 시작
했다가 당장 문지방을 넘어와 여러모로 치명타를 때리고

있는 괴질이 무서운 것은 계절과 달리 그 끝이 보이지 않는다는 점이었다.

버스가 대학병원 앞 정류장에 도착했다. 늦진 않았나 싶어 바삐 들어서던 주희가 문득 걸음을 늦췄다. 입구 왼쪽의 본관과 오른쪽의 별관 사이에 전에 없던 표지판이 두 개 나란히 세워져 있었다. 직진 방향의 '외래 선별 진료소'와 오른쪽을 가리키는 '안심 진료소'라는 팻말이 임시로 급하게 세웠음을 증명하듯 허술하게 서 있었다. '외래'로 와서 '안심'하고 진료를 받으려면 어느 쪽에 해당하는 건지 애매모호했다. 예전 같으면 왼쪽의 본관으로 들어가 3층 호흡기내과 진료실로 곧장 올라가면 되었는데 지금 그쪽 출입구 앞에는 흰 야전 천막이 세워져 있고 직원들이 지키고 서 있는 차단구역으로 보였다. 직진 아니면 오른쪽인 것이다. 자칫 잘못 들어서면 유증상 환자들과 뒤섞일 염려가 있었다. 따지고 보면 삶은 선택의 여로였다. 계속적인 판단을 요구했고 잘못되면 지대하고 온전한 대가가 치러졌다. 산다는 것은 어쩌면 죽는 날까지 사소한 기적과 보다 크고 심오한 기적들로 엮어질 것이었다.

순간 멈칫한 주희가 생각난 듯 휴대폰을 꺼내 펼쳤다. 뿌연 햇살에 화면이 먼지처럼 어른거려 등을 돌리고 수신 메시지들을 더듬어 보았다.

다음의 경우, 해당 진료소에서 진료를 보시기 바랍니다.

외래 선별 진료소

1. 발열, 기침, 가래, 인후통, 호흡곤란, 미각, 후각 상실 등
이 있을 경우

2. 14일 이내 해외 방문력

3. 14일 이내 확진자와 접촉한 경우

안심 진료소

1. 특별재난구역(대구, 경산, 청도, 봉화 등 집단감염 발생지, 신천
지 병원 등) 방문력이 있는 경우

2. 요양병원, 요양원, 한방병원에 입원했던 경우

뭐지?

환한 빛 때문에 어른거리는 시력을 모아 거듭 읽어보
아도 선별과 안심 진료소의 큰 차이점을 알 수가 없었고,
메시지에 쓰인 '다음의 경우'에 해당되지 않는 정기검진
외래환자의 경우가 분명하지 않았다. 화면을 위, 아래로
밀며 수많은 문자 중에 또 다른 안내문을 찾아 더듬어 살
폈다.

안녕하세요.

○○호흡기내과 외래입니다.

외래 진료실이 변경되어 별관 1층에서 진료합니다.

발열이나 호흡기 증상 중 한 가지라도 있으면 외래 진료가 불가하오니 내원하시는 환자나 보호자 중에 위의 증상이 있으시면 내원하지 마시고 콜센터로 취소하시거나 변경 부탁드립니다.

별관 1층은 외래 선별 진료소와 같은 건물이었다.

오른쪽으로 방향을 튼 주희는 별관 앞을 가로막고 세워진 가건물의 입구로 들어섰다. 대기실 의자가 가지런히 놓여 있고 그 안의 또 다른 입구 앞 데스크에 마스크를 쓴 직원이 보였다.

데스크 위에 놓인 문진표 더미를 내려다보며 주희가 조심스레 말했다.

외래 진료 보러 왔는데요.

안으로 들어가세요.

수차례 경고성 안내 문자를 보낼 정도의 비상상황에 이제 막 입구로 들어온 외부인을 왜 전혀 체크하지 않는지

의아스러웠으나 일단 문 안쪽으로 들어섰다. 임시로 가설한 엉성함이 드러나는 건축물의 오른쪽으로 꺾어들자 조금 전과 똑같은 전경이 펼쳐졌다. 가로놓인 대기실 의자들 사이의 통로를 지나 데스크 앞으로 다가간 주희가 조금 전처럼 반복했다.

외래 진료 왔는데요.
저쪽에 문진표 먼저 써주세요.

나란히 앉은 두 명 중의 한 간호사가 쳐다보지도 않고 의례적으로 대답했다.
주희는 반대편 코너에 놓인 1인용 의자에 앉았다. 건강 상태를 묻는 설문지 앞에는 공동으로 쓰는 볼펜이 놓여 있었다. 코너에 손세정제가 있어서 먼저 그것을 눌러 손바닥에 짰다. 누르는 부분이 미끈거려 다소 꺼림칙하긴 했지만 일단 세정액을 손에 세심하게 비빈 다음 볼펜을 쥐고 주의 깊게 용지를 작성했다.
설문지를 받아 든 간호사는 자세히 살피지도 않고 옆으로 밀어놓더니 불쑥 일어서 간이 체온계를 들이밀었다. 잠깐 열 좀 재고요.
작고 미지근하고 둥근 구조물이 순간적으로 귓속으로

쑥 들어왔다. 그 짧은 순간 주희는 방금 열을 재고 옆으로 물러선 아주머니가 쓴 마스크 위로 밀려 나온 붉은 볼살과 이마에 돋은 땀방울을 보았다. 시근거리는 숨소리와 앞 머리칼이 젖을 정도로 흘리는 땀이 뭔가 정상이 아니다 싶었으나 주의를 기울이는 사람은 없었다. 한 걸음 건너 진료 대기 중인, 그 자신도 의료진인 듯 흰 가운을 걸친 중년 남자가 연속적으로 재채기를 했다. 모든 것에 경계가 없었다. 접촉하고 만지고 건네고 스쳤다. 여태껏 가능한 한 집 안을 벗어나지 않으며 문고리 손잡이까지 일일이 소독하고 가족끼리도 가능한 한 접근을 피하면서 기울였던 온갖 민감한 주의가 대중교통 수단을 이용하면서부터 꺼림칙해지더니 이곳에 들어서는 순간 완전히 무너진 듯했다.

결제하신 다음에 본관에 가서서 엑스레이 찍고 다시 오세요.

간호사가 진료비 계산서와 '검사 확인서'라고 쓰인 파란색 종이쪽지를 내밀었다. 주희는 시킨 대로 근처 무인 계산대에서 진료비를 계산하고 본관으로 건너갔다.
출입구 검색 직원에게 검사 확인서를 제출하고 들어선

본관은 외래 진료소보다 더욱 붐볐다. 목적을 알 수 없는, 그러나 종합병원에 오지 않을 수 없었을 수많은 사람들이 마스크를 쓴 채 묵묵히 가로지르거나 스치거나 뒤섞였다.

그런 사람들의 일원이 되어 주희도 에스컬레이터를 타고 3층으로 올랐다. 삼 개월 전에 했던 것처럼 영상실 앞의 대기 명단에 이름을 올리고 탈의실로 갔다. 두 평 정도의 공간은 옷을 갈아입는 사람들로 역시 붐볐다.

그러게, 내가 이 작은놈 때문에 큰 걱정이라니까. 젊은 애가 어느 구석에 처박혀 있겠냐고? 그야말로 노래방이고 주점이고 동에 번쩍 서에 번쩍 안 다니는 데가 없제. 사지 멀쩡한 애 묶어놓을 수도 없고 같이 먹고 자는데 언제 뭘 옮겨올 줄 알겠어? 인제 내 목숨이 내 목숨이 아니여.

벽 쪽에 붙인 좁은 의자에 한쪽 다리를 질펀하게 올려놓은 중노인네가 휴대폰을 귀에 바짝 붙인 채 호들갑스럽게 웃었다. 한쪽만 걸쳐진 마스크가 휴대폰 아래 덜렁거렸다. 성급히 가운으로 갈아입던 주희는 바짝 붙어 옷을 벗던 생면부지의 여자와 맨살이 자꾸 닿았다. 보이지 않는 침방울은 보이지 않는 총탄 같았고 정체를 알 수 없는 타인의 살갗은 비수처럼 느껴져 정말로 내 목숨이 내 목숨이 아닌 상황이었다.

엑스레이 촬영을 마치고 돌아왔을 때도 노인은 아직 같은 자세로 수다 중이었고 탈의실은 여전히 들고나는 사람들로 가득 찼다. 휠체어를 탄 환자와 보호자는 붐비는 내부로 들어서지 못하고 난감한 표정으로 계속 입구에 머물러 있었다.

주희가 다시 별관으로 건너오자 곧이어 진료실에서 이름을 불렀다.

중년의 담당의사는 인사를 받고서도 한참 동안 신중하게 엑스레이 사진을 세심히 들여다보았다. 주희는 의사들을 볼 때마다 아들을 보는 것 같았고 며느리를 보는 것 같았다. 나이 든 남자 의사는 앞으로 나이 들 아들 같았고 젊은 여자 의사는 갓 시집 왔을 때의 며느리 같아 일방적인 친근감을 느꼈다. 지금은 그저 그 아이들이 부디 하루속히 자긍심을 가지고 복귀해 이처럼 안온한 진료를 보게 되기만을 간절히 소망할 뿐이었다.

엑스레이상으로는 큰 변화는 없는 것 같아요.

한참 만에 고개를 들고 의사가 말했다.

영상의학과에서는 정밀검사가 필요하다고 의견서에 썼는데 내가 보기엔 그 정도는 아닌 듯하고…….

한 번 더 사진에 주의 깊은 시선을 모으던 의사가 그제야 주희를 바라보고 웃으며 덧붙였다.

그 사람들은 워낙에 좀 오바하죠. 내 보기엔 염려하지 않아도 될 듯하네요. 혹시 증상이 더 나빠졌거나 가래에 피가 섞여 나오는 건 아니죠?

피. 생명을 뜻하지만 있어서는 안 될 곳에 보이면 가장 불길한 것. 잠시 멈칫했던 주희가 이내 머리를 저으며 잔기침과 인후통은 여전하고 가래도 옅은 갈색에 묽은 정도라고 대답했다.

기침과 불편한 인후와 가래가 나오는 그 증상들이 요즘 그 무서운 전염병 증상과도 같던데 초기에 구별을 못 할까 겁이 난다는 말은 꺼낼까 말까 하다가 그만두었다. 어쩌다 하필이면 비슷한 증상을 갖게 된 환자에게 담당의도 답변할 말이 마땅치 않을 터였다.

같은 약을 다시 드릴 테니 삼 개월 후에 오세요.

네.

일어서는 주희에게 의사가 덧붙였다.

혹시 객혈이 보이면 바로 오세요. 기저질환이 있으셔서 다른 사람들보다 위험하시니까 코로나 특히 조심하시구요.

처방전을 받아 병원을 나서기 전에 주희는 예배실을 찾았다. 사회적 거리두기로 주일 미사도 중단되어 한동안 진솔하게 갖지 못했던 기도에 대한 갈급함이 있었다. 환우들을 위한 예배실 역시 즐겨 찾던 도서관과 수영장과 문화센터처럼 굳게 닫혀 있었고 코로나 사태로 인해 당분간 폐쇄한다는 안내문이 붙어 있었다. 주희는 어쩔 줄 모르는 사람처럼 오래 그 앞에서 머뭇거렸다. 그 어느 때보다 믿음에 대한 목마름이 컸던 만큼 그 어느 때보다 소통이 차단된 막막함이 엄습했다.

본관을 나와 '외래 선별 진료소'와 '안심 진료소' 팻말 앞을 지났다. 선별도 되지 못했던 것 같고 안심도 되지 못했던 일련의 과정이 크게 체한 듯 불편했다.

병원 앞 사거리 건너편 약국 앞에는 행렬이 길게 이어

져 있었다. 주희도 그 끝에 섰다. 처방전을 가진 사람은 옆 창구로 들어오라는 안내가 있었으나 어차피 약국에 온 김에 재고분이 부족한 마스크도 구입하고 싶었다.

대부분의 대기자들이 무료함을 줄이고자 휴대폰을 들여다보고 있었다. 주희도 손가방에 밀어 넣었던 휴대폰을 꺼내 우선 진동이었던 상태를 음으로 고쳤다. 여러 개의 미확인 숫자가 액정에 떴다.

부재중 전화가 없음을 확인하고 메시지들을 살폈다. 남편이 보낸 문자가 있었다.

〈애는 외가댁 가고 싶다고 해서 데려다줬어. 이제부터 잠 좀 자려고 하니 깨우지 말아요.〉

아이가 먼저 가고 싶다고 한 게 아니라 당신이 가겠냐고 했겠지. 그렇잖아도 친가보다 외가에 더 자주 머물고 그쪽에 더 정을 붙이는 아이이기에 이번 기회에 마음 좀 얻을까 했는데……. 그 댁은 또 무슨 죄로 내내 아이를 돌봐야 하는데?

주희가 찌푸린 표정으로 화면을 넘겼다.

정기적인 모임을 갖다가 갑자기 얼굴을 볼 수 없게 된 친구들과 지인들이 이런저런 소식들을 주고받는 문자들이 그새 쏟아졌다. 보고 싶다, 일상에서 별 생각 없이 누리던 평범함이 행복인 줄 몰랐다는 각성과 이웃에 확진자가 나와 무섭고 요양원의 부모를 면회할 수 없어 안타깝다거나 감염 사망자는 일단 단시간에 화장해 빈소 없이 장례를 치른다더라는 소문과 관람객이 모여들까 봐 갓 핀 유채꽃밭을 갈아엎는다는 뉴스조차 너무 슬펐다는 갖가지 하소연들 사이 그나마 작은 위로로 여기라는 듯 여기저기서 획득한 명언과 영상들이 값싼 사이비 치료제처럼 이어졌다.

인간은 서로 간의 관계 속에서 살아가는 사회적 동물이라는 대전제가 아니더라도 어느 날 불쑥 교제와 공공의 취미 생활과 외식과 교습과 방문과 여행 등 온갖 형태의 교류가 거의 모조리 중단되다 보니 다들 반쯤 공황상태였다.

사회적 교류의 금단현상도 그렇지만 각자의 생활 방식을 누리던 가족들이 한정된 공간에서 갑자기 일과를 공유하게 됨으로써 돌아서면 밥 차리고 돌아서면 밥 차리는 '돌밥돌밥'이 아니더라도 온갖 불편함이 토로되었다. 해외 근무 중인 아들에게 다녀와 부부가 자가격리를 당하는 바람에 '평생 웬수'와 단둘이 갇힌 공간에서 2주를 보내게 된 친구는 당장 상담소로 가고 싶다며 이 기간이 끝나면 이혼율이 높아질 거라고 장담했고 대체로 적잖이 공감

했다.

젊어서나 나이 들어서나 살림을 맡는 여자들과 달리 남자들은 은퇴 후 대체로 별다른 역할이 없었다. 도움이 될까 하여 맡기는 일은 어설프고 어둔했으나, 사회에서 쌓은 경력과 받았던 대접으로 자존심과 자부심은 꼿꼿했고 주장은 완강했으며 아내를 자주 비서와 혼동했다. 대화가 길어지면 언쟁이 되었다. 서로 생각과 견해가 너무 다르다는 것을 날이 갈수록 새롭게 확인했다. 어떻게 이렇게 맞지 않는 사람과 몇 십 년을 함께 살며 아이를 낳고 가정을 꾸려왔는지 어이가 없을 정도였다. 사사건건 답답하고 거슬리다 보니 즐겁고 사랑했던 기억은 묻히고 서운하고 억울했던 기억만 새록새록 살아났다. 입가에 묻힌 밥알과 흐릿한 눈빛과 처진 주름과 부스스한 흰머리와 구부정한 허리, 느려지는 걸음걸이도 싫었다. 어쩌면 노쇠해지는 동반자에게서 인정하고 싶지 않은 자신의 모습을 보기 때문에 더욱 그런지도 몰랐다.

그렇게 그동안 사회라는 너른 공동체를 드나들며 보고 싶지도 않고 보이지도 않아 외면했던 가정적 문제들을 지금은 매일 매시간 한정된 공간에서 마주 대면하게 되었다. 앞으로 더한 부작용과 불상사가 일어난다 해도 이상할 게 없을 것이었다.

알림음과 함께 새로운 문자가 도착했다. 발송인은 가게 세입자였다.

〈사모님, 아직 답신이 없으시네요. 어떻게 결정하셨는지 요?〉

주희는 남편이 은퇴하면서 받은 퇴직금으로 신도시 아파트 상가에 있는 가게 하나를 구입해서 그 월세와 국민연금을 생활비로 썼다. 부부가 나눠 쓰기에 턱없이 모자랐기에 자주 예금을 깼다. 앞으로의 수명이 얼마나 남았는지 그사이 큰 병에 걸리거나 예기치 않은 변고가 생기진 않을지 알 수가 없기에 갈수록 줄어드는 잔고에 늘 마음을 졸였다.

착한 임대인 운동이 벌어진다고 했으나 무심히 넘겼는데 며칠 전 세입자에게서 전화가 왔었다.

사모님. 좀 도와주세요. 요즘 코로나 때문에 너무 장사가 안 돼요. 이 동네 상가들 모두 내려주셨다네요. 저도 견디다 견디다 못해 이제 전화 드리는 거예요.

정말로 그 동네 모두 임대료를 삭감해 주었는지는 알

수 없었지만 상대가 매우 어렵다고 호소해 오는데 마땅히 도와줘야 할 일이었다. 당연히 돕고 싶었다. 당장 대답은 못 했다. 서로에게 더 어렵지 않은 적정 하향선이 얼마일지 판단할 수 없었다. 알겠다고, 곧 연락드리겠노라 하고 벌써 며칠이 지났다.

손가락을 문자판에 올려 몇 자 답인사를 적은 다음 숫자를 썼다가 지웠다가 다시 썼다가 지웠다. 몇 년간 임대료를 인상하지 않고 항상 내가 손해 보고 말지 하고 살았었는데 이번에도 그래야 할 것 같았다. 불편한 사모님 호칭을 더 듣기 전에 답신을 해야 했다. 하루아침에 악덕 임대업자라는 불명예를 뒤집어쓸 수도 없었다.

줄의 뒤편에서 중년의 두 남자가 일행인 듯 쉴 새 없이 떠든다 싶더니 마침내 누군가 소리쳤다.

거, 마스크나 좀 쓰세요.

남자들의 한 명이 그쪽을 힐끗 쳐다보더니 마주 소리쳤다.

그거 사 쓰려고 이렇게 줄 서 있는 것 아니오.

두 남자는 이내 낄낄거리고 웃었다. 따라 웃는 이는 아무도 없었다. 한낮이었고 봄날이었다. 이런 날 생면부지의 사람들끼리 이뤄질 실없는 농담이 아니었다. 모두들 방금 숨 쉰 공기 중에 떠돌거나 방금 만진 휴대폰과 스친 옷자락에 묻었을지도 모를 타인의 바이러스, 불안과 불신의 보이지 않는 날을 퍼렇게 세우고도 겉으로는 모른 척 태연한 척하는, 이 더할 수 없이 정적이고 불온한 분위기가 위태롭고 두려운 듯했다.

오래 서 있자니 잠깐 구부려 본 다리에서 우드득 소리가 났다. 지금 뭐 하고 있는 거냐고, 퇴행성관절염 증상의 무릎이 아까부터 여러 차례 신호를 주었다. 뭐든 생략하고 속히 마무리해 버리고 싶은 늦은 나이에 소중하지도 가볍지도 않은 이런 형태의 하염없는 기다림은 또 무엇인가. 겨울의 끝자락에서 벌어지기 시작한, 생애 한 번도 겪어본 적 없는 이 음울하고 위협적인 공포가 저 막막한 행렬처럼 한없이 이어질 악몽 같았다.

갑작스레 줄이 끊겼다. 대여섯 걸음 앞부분이 한순간 어수선해지더니 이내 사람들이 흩어지기 시작했다. 매진되었다고 손을 젓고 있는 약사의 흰 가운이 얼핏 보였다. 초기에는 항의하는 막무가내 손님 때문에 경찰까지 오고 가는 소동도 있었다는데 이제는 다들 익숙해졌다는 듯 이

내 흩어졌다. 사람들이 사라진 공간에 미지근한 초봄의 햇살이 열기 없는 기다림의 흔적처럼 남았다.

삼 개월분의 약을 한 아름 받아 들고 나선 거리는 한여름의 휴가철이나 주민들이 소개당한 전시의 도시처럼 적요했다. 차량과 행인들이 없지 않은데도 이상하게 조용한 도심은 낯설고 부자연스러웠다. 그저 어느 조촐한 찻집에서 뜨거운 차 한 잔을 마시고 싶었고 방금 새 물을 받아 놓은 뜨겁고 깨끗한 욕탕에서 오염된 하루를 말끔히 씻어 내리면 생의 의욕이 불현듯 되살아날 듯싶었으나 감염의 안전을 보장하는 곳은 어디에도 없을 것이었다.

이번에는 처음부터 버스를 탔다. 훨씬 우회할 것이었지만 지하철보다는 숨 쉬기가 나았다. 자리에 앉는 대로 창문을 조금 열었다. 앞뒤로 손님들이 있었지만 폐쇄된 공간이 더 위험하다고 했으니 다른 이들도 양해하리라 싶었다.

버스가 달리기 시작하자 바람이 와르르 쏟아져 들어왔고 뒷좌석에 앉은 아주머니가 이내 퉁명스럽게 쏘았다.

추워요. 창문 닫아주세요.

유리창을 닫은 주희는 뒤편의 빈자리로 옮길까 하다가

마스크를 조금 내려 코 부분을 드러냈다. 오후 들어 컨디션이 더 나빠졌는지 이산화탄소가 폐부에 가득 차오르는 느낌이 들어 어쩔 수 없었다.

버스는 돌고 돌았다. 그새 몇 번씩 확인해도 딸에게서는 다시 연락이 오지 않는다. 주희도 아직 걸어볼 생각이 없었다. 통화를 가로막는 장애가 무슨 예감 때문인지는 알 수 없었다.

시들시들 조는 듯 마는 듯 동네 앞 버스정류장에 내린 주희는 집을 향해 부지런히 걷다 말고 순간 걸음을 멈췄다. 목에 뭔가 치받더니 가래가 끓어올랐다. 숨을 멈추고 백에서 휴지를 꺼내 조심스레 뱉었다. 묽은 거품 가운데 진한 핏물이 깨진 노른자처럼 둥그스름하게 떠 보였다. 코로나, 작고 붉고 더러운 왕관 같았다. 다리가 조금 떨렸다.

길가 가까운 어린이 놀이터로 들어가 의자에 걸터앉았다. 아이들이 보이지 않는 놀이시설들 위로 조금씩 저녁 어스름이 내리고 있었다.

인도 저편에서 아이를 데리고 걸어오던 젊은 여자가 마스크를 쓰지 않은 그녀를 보고 황급히 놀라 손을 잡은 아이를 얼른 품에 안았다. 재빨리 스쳐 지나가는 여자에게서 보이지 않는 팽팽한 적개심이 느껴졌다. 조그만 얼굴을 뒤덮다시피 한 마스크 위로 동그란 눈만 보이는 아이가 엄마의 어깨에 얼굴을 묻은 채 오래도록 주희를 빤히 바라보았다. 억울한 피해자끼리 서로 경계하고 적의를 품게 되는 이 이상한 시기를 아이는 어떻게 기억할까.

자리에서 일어선 주희는 집으로 향하는 대신 동산으로 오르는 놀이터 뒤편 사잇길로 접어들었다. 뭔가 봄의 기운을 확인하기에는 너무 늦은 저녁나절이었지만 걸음을 멈추지 못했다. 이전보다 훨씬 자라난 길섶의 풀들이 발끝에 차였다. 간혹 내려오는 산책객이 없지 않았지만 거리에서처럼 조심스럽지는 않았다. 오를수록 점차 힘이 벅차왔으나 지상의 온갖 구속으로부터 멀어지고 해방되는 듯 조금씩 후련해졌다. 진즉 마스크는 벗어젖혔다.

정상에 이르러 가쁜 숨이 차오른 주희가 고목을 베어낸 그루터기에 풀썩 걸터앉았다. 희끄무레해진 저녁 하늘 아래 멀리 가라앉은 도시의 윤곽이 어둑어둑하게 뭉쳐 보였다. 저곳은 어떤 곳인가. 사람들이 저마다 매일 매 순간 무언가를 이루고 나누며 섞이는 곳. 그래서 보다 단단해지고 더 나은 미래를 꿈꾸는 터전이 되는 곳. 그런데 지금은 그곳이 어떤 곳인지 막연하고 막막했다.

숨을 고르며 오랫동안 아득한 시가를 내려다보던 주희가 마침내 휴대폰을 꺼냈다.

딸은 한참 만에 전화를 받았다.

응, 엄마.

잠긴 목소리로 딸이 낮게 대답했다. 시야에 들어온 사물들이 순간 저만큼 멀어지며 불순하고 불길한 검은 바다처럼 세상이 나지막이 잠겼다. 그 바다 언저리에서 잠시 더 숨을 고르다가 주희가 천천히 물었다.

너 울었구나? 왜, 무슨 일인데?

한동안 대답이 없다가 밀어내듯, 더 이상 견딜 수 없다는 듯 딸이 조금씩 울먹이기 시작했다.

나, 그 자식이랑 헤어지기로 했어. 그동안 여러 가지로 참 많이 참았었는데…….

여태 단단히 붙들고 있었던 것 같던 가슴이 한순간 와락 내려앉더니 그 가슴의 저 아래쪽에서 조금 전에 뱉은 객혈 같은, 아니면 시대의 울화 같은 알 수 없는 덩어리가 뭉클 끓어올랐다. 어떻게 여기까지 온 건데, 지금 어떻게 더 나빠지려고……. 삼킨 단어들 사이로 더욱 어둡고 아득해진 도시의 윤곽이 유동체처럼 훌쩍 멀어지며 수많은 기호들이 어지럽게 눈앞을 스쳐 지나갔다.

드문드문 말더듬이처럼 주희가 다시 애써 물었다.

왜애? 무슨…… 일…… 있어?

잠시 주춤하던 딸은 어차피 전후 사정은 밝혀야겠다는 듯 듬성듬성 간추려 털어놓기 시작했다.

'그 자식' 회사의 같은 부서에 확진자가 발생해 접촉한 직원들이 검사를 받는 과정에서 각자의 동선이 공개되었고 미심쩍어 추적해 보니 자신이 짐작조차 못 했던 '그 자식'의 충격적인 행적들이 낱낱이 드러났다는 것이다.

누구에게도 하소연할 수 없었으리라 싶었던 딸은 둑이 터진 듯 주저리주저리 늘어놓기 시작했고 주희는 열심히 귀 기울여 듣고 있었으나 현실성을 느낄 수 없었다. 우선 두서없이 이 말 저 말 울음 섞어 쏟아내는 딸이 너무 낯설었다. 그러나 밖에 나가서 억울하게 당한 일을 엄마에게 쏟아내던, 어린 나이의 익숙한 딸이기도 했다.

점차 사고 능력이 걷힌 듯 막막해진 귓속에 문득 숲의 어딘가에서 뻐꾸기 우는 소리가 들렸다. 소리만 내보낼

뿐 이미 어둠에 잠긴 숲의 형태는 저 아래 먼 도시의 윤곽처럼 묵직하고 희미했다. 모든 불온한 것들도 제 모습을 감추고 저다지 묵직하고 희미할 것이었다. 분명한 것은 이 두렵고 어이없는 사태들이 돌연 벌어진 것이 아니라 진즉 어디선가부터 스멀스멀 뒤엉켜 어우러지며 서서히 진행되고 있었다는 깨달음이었다.

뻐꾹.

뻐꾸기는 다시 목마른 듯 짧게 울었다. 잎사귀 몇 개가 후드득 흔들리고 사위가 새삼 고요해졌다. 어디서 라일락 향기도 어렴풋이 풍기는 듯했다.

새가 우는구나.

주희는 막연히 생각했다. 봄이었구나.

한 인간

김
미
수

김미수

2010년 《동아일보》 등단. 소설집 《모래인간》, 장편소설 《소설직지》《재이》
《아빠 살고 싶다》가 있다. noisnt@hanmail.net

1.

신들이 우리를 인간에게 보냈다.

신들은 이제 동물들의 원성을 듣기에 지쳤다고 했다. 파괴된 숲에서 갈 길을 잃은 동물들이 아우성치고 육류 시장에서 팔려나가는 야생 동물들 수십억 마리가 울부짖 으니 신들은 이제 그 동물들에게 응답할 시간이 되었다는 것이다. 얼마 전 신들이 원탁회의에서 결정한 내용이었다.

인간들을 대청소하는 방법을 말하라.

서열1이 묻자,

바이러스입니다.

원탁에 모인 신들이 이구동성으로 대답했다.

좋다. 인간들이 치료약이나 백신을 만들기 전까지 대청소를 마쳐라.

서열1의 단호한 명령에 원탁에 앉은 신들이 고개를 갸우뚱하며 분위기가 술렁거렸다.

완전히 말입니까?

그렇다. 완전히.

서열1이 거듭 강조했다.

사실 동물들의 원성은 이번이 처음이 아니다. 때문에 그동안 인간들에게 무수히 경고했다. 이미 아흔아홉 번이나 바이러스를 보내 수십만 명을 청소한 바 있지만 소용없었다. 결국 인간은 자기밖에 모르는 종족으로 판명 났다. 엄중히 경고해도 시간이 좀 지나면 또다시 탐욕에 중독되어 날뛰는 악질들이다. 동물들의 터전인 숲을 손쉽게 파괴하고 죄 없는 동물들을 무수히 죽여서 피칠갑된 생고기를 입에 쑤셔 넣는 인간들을 멸종시킬 시간이 되었다.

서열1이 완전한 대청소를 결정한 이유를 말하자 신들의 술렁임은 곧 가라앉았다. 동물들의 원성이 극심해진 것은 그동안 인간들에 대한 연민으로 청소를 대충 끝낸 탓이라고 자성하는 분위기였다. 서열1은 이제 그만 회의를 끝내겠다고 선언했다.

그때였다.

구석에서 고개를 숙이고 있던 서열#이 손을 들어 발언권을 요구했다. 서열#은 신들의 원탁회의에서 자신의 의견을 말할 위치에 있지 않았다. 그러나 서열#의 요구를 무시할 수 없는 일이 벌어지고 말았다. 서열#이 눈물을 한 방울 떨어뜨린 것이다.

신에게 허용된 눈물은 모두 세 방울이었다. 세 방울의 눈물을 모두 소진하면 신의 지위를 잃고 짐승이 되어 지상으로 추방되었다. 그러니 서열#이 흘린 눈물 한 방울은 강력한 발언권 요청이었다.

말하라.

서열1이 발언을 허용했다.

단 한 인간만 살려주십시오.

뜻밖의 말에 모두 서열#을 쳐다보았다.

안 된다. 절대로. 단 하나만 남겨도 또 인간을 퍼뜨리고 말 것이다. 무슨 짓을 해서든 말이다. 오죽하면 대청소를 결정했겠나. 그러니 한 인간도 살려두어서는 안 된다.

서열1이 단호히 못을 박았다.

서열1이 재차 원탁회의의 종결을 선언하자 신들이 일제히 일어섰다. 그러나 신들은 떠나지 못하고 웅성거렸다. 서열#이 두 번째 눈물을 떨어뜨린 것이다. 두 번째 눈물은 좀 더 농도가 진해서 회의장 전체를 자주색 조명등을 켠 것처럼 물들였다. 이제 서열#에게 남은 것은 한 방울의 눈물뿐이었다. 그 한 방울의 눈물마저 곧바로 흘려버릴 기세였으므로 신들은 겁에 질려서 서열1의 대책을 기다렸다.

서열1은 잠시 생각에 잠겼다. 한때 자신도 저런 감정을 가졌던 적이 있었던가. 몇 해 전 처음 인간을 청소하던 때 자신이 흘렸던 한 방울의 눈물이 떠올랐다. 바이러스에 감염된 한 가족 때문에 흘린 눈물이었다. 그 가족들은 다섯 명 모두 확진자가 되어 뿔뿔이 흩어져서 치료를 받다가 서로의 임종을 보지 못한 채 한 명씩 죽어갔다. 마지막까지 살아남았던 어머니는 그 사실을 모른 채 자식들을, 남편을, 노모를, 단 한 번만이라도 보게 해달라고 울부짖었다. 그 어머니의 모습을 본 순간 서열1은 첫 번째 눈물을 흘렸던 것이다.

왜 한 인간을 지구에 남기고 싶은 것인가?

그저 그 인간이 너무 사랑스럽습니다. 온종일 그 인간만 보고 있었습니다. 저도 왜 그런지 모르겠습니다. 그 인간을 위해 뭐든 해주고 싶었습니다만……

서열1은 질투심을 느꼈다. 자신은 어떤 인간에게도 느껴보지 못한 감정이었다. 남녀가 사랑을 한다는 것이 어떤 느낌인지 궁금했으나 지금껏 알 수 없었다. 신들 앞에서 서열1은 질투심을 내색할 수 없어서 헛기침을 두어 번 하다가 서열#과 눈이 마주쳤다. 금방이라도 마지막 남은 한 방울의 눈물을 흘릴 기세였다. 서열#이 신의 위치를 유지하도록 도와주는 것도 자신의 임무가 아니던가. 서열1은 고개를 끄덕였다.

좋다. 너의 그 한 인간은 네가 관리하라. 다만 신들의 의견에 따르지 않고 네가 내린 결정임을 명심하라. 그러니 그 한 인간이 혼자 지구에 남는 것을 거절하거나 선택한 인간이 아닌 다른 인간이 혼자 지구에 남는 불상사가 생긴다면, 너를 먼지로 만들 것이다. 너의 그 한 인간과 함께.

자신 있습니다!

서열#의 목소리가 하도 우렁찼으므로 다른 신들은 심각하던 표정을 풀고 일제히 폭소를 터뜨렸다. 서열1은 이런 결정에 한편으로는 흐뭇했다. 인간은 신들에게는 매력적인 종족이었다. 특히 끝없이 무엇인가를 추구하는 것은 인간만이 가진 장점이었다. 그러니 지구에 한 인간을 남겨두고 종종 구경하는 것도 나쁘지 않은 결정이라고 생각을 바꾸었다.

서열1은 목소리를 가다듬어 원탁의 신들에게 마지막

한마디를 남겼다.

대청소는 동물들을 구하자는 것이니 인간이 없어지는 것을 너무 슬퍼 마라. 모든 생명은 다 평등한 것이다. 이제 동물들도 못다 누린 것을 누리게 하고 저마다 성장할 기회를 주자. 자, 오늘 원탁회의는 이만 끝!

신들은 모두 제 위치로 사라졌다. 서열#은 한 손으로 원탁의 모서리를 잡은 채 머뭇거렸다.

사실은, 저의 그 한 인간을 구하기 위해 지금 무엇부터 해야 할지 모르겠어요.

서열1은 서열#의 어깨를 다정하게 감싸주며 귀에 대고 속삭였다.

일단 지구에서 데려와야지. 대청소가 끝나면 곧바로 내려보내고. 반드시 한 인간이어야 해.

네. 물론입니다.

서열#은 그제야 자신감을 얻은 듯 젖은 눈을 말리며 환히 웃었다.

2.

신이 우리에게 명령을 내리면 우리 바이러스는 그 대상

에게 무조건 직진한다. 이번에는 특히 강력하고 재빠르게
일을 처리하라는 명령이 떨어졌으므로 우리는 어느 때보
다 서둘렀다.

먼저 동물들의 원성이 가장 자자한 곳부터 대청소를 시
작하기로 했다.

처음 도착한 곳은 중국의 육류시장이었다. 그곳에는 넘
쳐나는 동물의 사체가 사람들의 검은 봉지 속에 뒤섞여
담기고 있었다. 반쯤 죽었으나 숨통이 끊어지지 않은 동
물들은 커다란 박스에 담겼다. 뱀과 거북이나 헤지호그나
대나무박쥐, 그리고 새끼늑대의 피까지 뒤섞였다. 숨통이
끊어지지 않은 채 박스에 담긴 것들은 입에서 거품을 내
뿜고 서로의 거품을 핥으며 뒤섞였다. 조류들의 저주스러
운 비명까지 보태어 거품에 섞였다.

우리 바이러스는 박스 속에서 몸을 더욱 키웠다. 박스
가 개봉되자마자 주방과 싱크대와 식탁과 그릇 사이를 오
갔다. 요리 위에도 올라타고 고기를 뜯어먹는 사람들의
손에서 입으로 옮겨 다니고 대화를 나누는 사람들의 침으
로도 날아다녔다.

그렇게 우리는 순식간에 중국을 접수했다. 그런 뒤 전
세계의 공항과 비행기로 신속하고 과감하게 이동했다. 세
계인은 기침을 쏟아내고 복통을 호소하며 피를 쏟고 거리

에 아무렇게나 쓰러졌다. 의사들이 죽어나간 병원은 폐쇄되었고 시신은 거리에 방치되다가 쓰레기 속에 뒤섞였다.

우리의 임무는 이제 거의 끝나가고 있다.

3.

엘이 제로섬에 가겠냐는 문자를 받은 것은 밤 12시였다.

거실 창문을 열고 160층 아래로 보이는 어둠의 끝을 가늠해 보던 중이었다. 낮에 내려다본 160층 아래는 마치 좀비가 휩쓸고 지나간 텅 빈 도시 같았다. 차도 사람도 바람조차 없는 부동의 공간이었다.

벽시계가 시간의 흐름을 알려주었지만 시간을 아는 것이 무의미했다. 배가 고프면 먹고 졸리면 잤으나 얼마 전부터 배도 고프지 않고 잠도 오지 않았다. 모든 것은 타이머에 입력된 대로 로봇이 해결해 주었다. 식사 준비도, 청소도 로봇이 했다. 집 안에서 움직이는 것은 로봇뿐, 누구와도 접촉하지 않은 채 반년이 지나갔다.

열 대의 냉동고에 일 년 이상 먹을 수 있는 음식물이 가득 찼다. 전염병 사태가 나자마자 누구보다 먼저 수많은 음식물과 물건을 배달시켰던 것이다. 그러나 이제는 냉동고를 채운 식품을 보면 한숨부터 나왔다. 냉동고에 일 년 이상 일용할 양식이 있는 사람이나 당장 먹을 것이 떨어진 사람이나 가리지 않고 바이러스는 폐에 스며든다는 사실을 받아들여야 할 시간이었다.

점점 견디기 힘들어지기 시작했다. 외로움이 더해지자 괴로움이 되었다. 창밖을 보노라면 어깨와 발 아래로 떨어지던 낙엽의 바스락대던 소리가 그리웠다. 또한 손바닥 끝에 느껴지던 빗방울의 차가움도 느끼고 싶었지만 창문을 열 수 없었다. 바이러스가 공기 중에 떠다니다가 창문 안으로 들어와 폐 속으로 흘러들면 폐는 허옇게 변하고 숨쉬기 어려울 정도로 순식간에 망가진다고 했다.

그러나 이 160층 빌딩에 얼마나 많은 사람들이 입주하고 싶어 했던가. 그런 부러움의 시선을 떠올리면 뿌듯함이 차오르고 지금의 괴로움은 다소 덜 수 있었다. 빌딩 밖의 사람들이 다 죽어간다고 해도 자신만은 살 수 있는 특별한 인간이라는 사실을 거듭 환기하면서 버텨나갔다.

지난 사십오 년 동안 자신이 인간을 그리워한 적이 있었던가 싶었다. 엘에게 인간은 비즈니스의 대상일 뿐이었다. 그런 자신이 조금씩 달라진 것은 부인할 수 없었다.

간혹 샤워를 하다 말고, 어떤 인간이든 필요하다고 중얼거리는 일이 생겼다. 대화를 나눌 인간이라면, 눈만 맞출 수 있어도, 같이 웃고 싸울 수 있어도, 아니 자신을 죽이려 드는 인간이라도, 있었으면……. 그런 생각을 하다가도, 그러나 절대 이 빌딩 밖으로 나가지는 않겠다고 고개를 저었다.

그러나 며칠 전부터 이 빌딩의 환경도 급반전되었다.

도시 전체가 마비되어 시체가 수거되지 못한 채 버려지고 있다는 뉴스가 뜨더니 철옹성 같던 이 빌딩에도 바이러스가 침입했다는 것이다. 이 빌딩에 확진자가 생기자마자 입주자의 30퍼센트가 감염되고 이틀 만에 절반 이상의 입주자가 감염되었다고 했다.

어제부터는 관리실에서 전해주던 스피커 방송마저도 끊겼다. 간헐적으로 전해지던 티브이 뉴스 역시 끊어졌다. 모든 빌딩의 관리자들은 물론이고 119 요원들도 죽어가고 있다고 했으며 보디백이 모자라서 시신을 수거해 갈 수 없다는 보도가 속출했다. 의료 장비의 부족이나 치료할 의사는 말할 것도 없고 살아남은 인간이 거의 없어진 위급 상황이었다. 그래도 이 빌딩만은 재난 상황을 피해 갈 수 있다고 장담하고 있었는데 이렇게 급작스러운 상황이 오고 만 것이다.

거의 모든 입주민이 감염되고 있다는 사실을 알게 되자 문득 피어가 걱정되었다. 150층 4호의 입주자인 피어는 미혼모였고 열한 살 된 딸 하나를 키우고 있었다. 바이러스가 창궐하기 전만 해도 자주 연락하던 피어는 지난 일주일 전 마지막 전화를 해왔다.

우리 다시 볼 수 있을까요?

바이러스 백신이나 치료제가 나올 때까지 한 발짝도 나오면 안 돼.

그날 이후 피어가 어떻게 되었는지 알지 못한다.

그녀는 어릴 때 폐를 앓은 적이 있어서 동산에도 오르지 못한다고 했다. 살아 있다면 문자가 올 것이라 여기면서도 먼저 문자를 보내지 않았다. 아무런 답장이 없다면 무척 괴로울 것 같아서였다.

유일하게 세상과 소통이 되던 핸드폰조차 자주 먹통이 되었다. 바이러스가 한창 창궐할 때 핸드폰을 켜면 셀카 동영상을 찍어 보낸 메일이 들어오곤 했다. 죽기 전 자신의 마지막 인사를 그렇게밖에 전할 수 없던 지인들이 보낸 것이었다.

처음에는 그런 유서 같은 메일을 확인하기도 했다. 시간이 지나자 죽어간 사람들이 남긴 사연을 군이 클릭해야 하나 싶었다. 그나마 요 며칠 사이에는 그런 유서 같은 메일도 끊어졌다. 이제 모두 알게 된 것이다. 자신들이 찍어 올린 그 동영상을 클릭하고 자신과 작별 인사를 나눌 가족이나 지인이 이미 사라지고 없을 거란 사실을.

엘 역시 동영상을 남길 시효가 지났음을 알았다. 조 단위의 재산을 어떻게 할지 한마디쯤 해두어야 한다고 생각했지만 조가 아니라 수백 조라도 그것에 관심을 가지고 보아줄 자가 없을 거란 현실이 턱 앞까지 와 있었다. 어, 어 하다가 벼락처럼 와버린 현실이었다. 그러니 방법은 하나였다. 지구의 모두가 죽더라도 자신은 어떻게든 살아남아야 하는 것이다. 이대로 죽기에는 정말이지 엘은 가진 것이 너무 많았다.

육 개월이면 치료약이나 백신이 나올 것이라는 기대가 무산된 지 오래다. 바이러스가 인체 내 수용체 단백질에 붙도록 하는 결합 영역에서 변이가 관찰되었다고 했다. 항체를 만드는 것에 집중했으나 결국 실패였다. 돌연변이 바이러스가 인체에 침투하는 방식 자체가 달라지는 것이 문제였다. 그렇다면 만들고 있던 백신 개발이 무용지물이 되었다는 것이다.

그런 기사를 접한 날 엘은 침대에 엎드려서 꼼짝도 하지 못했다. 백신을 기대할 수 없다면 출구가 막힌 것이다.

바이러스 돌연변이가 십만여 개에 이른다니 꼼짝없이 당해야 했다.

밤 12시의 창밖을 오랫동안 응시했다. 이 빌딩에서 벗어나는 방법은 굳게 닫았던 창문을 열고 어둠 속으로 뛰어내리거나 보디백에 담겨져 나가는 두 가지 방법뿐인 듯했다.

그런데 문자가 들어온 것이다.

제로섬으로 가겠나?

라고.

4.

제로섬? 거기가 어딥니까?

그건 중요하지 않다. 여기도 한 시간 후면 바이러스가 들어온다는 사실이 중요하다.

한 시간 후에 바이러스가 들어온다고요?

결정하라. 강요하지는 않는다.

아니, 제로섬이 어딘지 알아야 가든지 말든지 할 거 아닙니까?

한 시간 후면 넌 살아 있지 않아. 이 빌딩에서 나와 제

로섬에 가겠다면 한 시간이 지나기 전에 옥상에서 헬리콥
터를 타라.

엘은 재빨리 시간을 확인했다. 12시 반이었다.

한 가지만 대답해 주세요. 여기로 다시 되돌아올 수 있
나요?

절대 못 돌아온다. 이상 끝.

그 뒤 더 이상 문자는 오지 않았다.

한 시간 후면 바이러스가 들어온다.

그 말이 가장 섬뜩했다. 가능한 일이었다. 감염 속도를
보면 160층에 올라올 시간은 충분히 된 듯했다. 그 말이
맞다면 이 빌딩에서 나가야 했다. 하지만 절대 못 돌아온
다면, 그동안 모아둔 전 재산은 어떻게 할 것인가.

엘은 머리를 쥐어뜯으며 괴로워했다. 부정한 방법을 동
원해서 두 명이나 대통령을 만들어 주고 두 번의 교도소
행을 마다하지 않은 대가로 축적한 재산이었다. 각종 특
혜를 받아 재산을 부풀렸고 이 나라의 가장 큰 빌딩을 소
유하기까지 지나온 세월이 빠르게 스쳐 지나갔다. 그로
인해 두 번의 부정으로 탄생한 두 명의 대통령이 지금 이
나라를 엉망으로 만들어 놓았으나 죄책감 따위는 가진 적
도 없었다. 엘이 아니라도 누군가가 자신이 했던 짓을 했
을 것이므로.

제로섬으로 가겠나?

엘은 문자를 뚫어지게 보았다. 별 미친놈의 헛소리. 이 문을 여는 순간 바이러스로 죽어갈 것을 알면서 제로섬으로 왜 가겠는가. 어딘지도 모르면서. 그런데 한 시간 후 이 빌딩에 바이러스가 들어온다니. 그 말은 또 뭔가. 이런 미친! 생각할수록 울화가 치밀었다. 괜히 문자를 보았다는 생각에 문자를 본 눈을 빼버리고 싶었다. 이러지도 저러지도 못한 채 다리에 힘이 풀렸다. 그러는 동안에도 엘은 초조히 벽시계의 초침을 보았다. 벌써 10분이 지났다.

다시 문자가 들어오는 소리가 났다. 황망히 문자를 읽었다.

저 살아 있어요. 당신도 무사한가요?

피어였다. 피어의 생존 문자를 보는 순간 소름이 돋았다. 피어가 생존한 것이 기뻐서라기보다 자신의 전 재산을 일임해 둘 사람이 생겼다는 사실 때문이었다. 사적인 인사를 주고받을 정도로 조금이나마 가까운 사람은 피어가 유일했다. 그동안 누구도 믿지 못해서 아무와도 나누지 못한 재산이었다.

나도 살아 있어. 그동안 왜 연락을 안 했어?

딸 유랑이가 떠났거든요. 갑자기.

피어는 슬픈 듯 딸 이야기를 꺼냈으나 엘은 그런 이야

기를 들어줄 만큼 한가한 상태가 아니었다. 엘은 마음이
바빴다.

그건 그렇고, 내 통장의 비밀번호와 부동산 문서가 든
내 집 금고의 비밀번호와 또 내 재산을 둔 곳을 알려줄게.
메일을 잘 확인해.

저도 언제 죽을지도 모르는데.

누가 어떻게 될지는 아무도 몰라. 그러니까 일단 알고
는 있어.

피어는 한참 동안 대답이 없었다. 엘은 문자로 재산에
관련된 비밀번호들을 모두 보냈다. 그리고 보니 통장에
있는 현금도 분산시켜 놓아야겠다는 생각이 들었다.

현금을 보낼 테니 계좌를 보내줘. 주는 건 아니고 보관.
나중에 보관료는 챙겨주겠지만.

엘은 자신의 목소리가 딱딱하고 사무적으로 변한 것을
느꼈다. 돈 이야기를 할 때면 항상 반복되던 일이었다. 피
어는 한참 뒤에 계좌번호를 보냈다.

엘은 다급하게 현금을 이체하려 했다. 손이 떨리고 입
술이 풀로 붙인 듯 들러붙었다. 침착하려고 애썼다. 은행
시스템도 죽었는지 이체가 되지 않았다. 수없이 현금 이
체를 시도하는 사이 피어에게 다시 문자가 들어왔다.

할 말이 있어요.

엘은 문자를 대충 본 뒤 계좌이체를 위해 손가락을 놀렸다. 통신장애가 해결되기는커녕 버퍼링이 더 심해졌다. 지금껏 눈독 들였던 사업체를 합병하거나 사들이면서 돈을 만들어 왔다. 그런데 이놈의 바이러스가 내 지난 사십오 년을 무위로 만들려 들다니. 분노가 치밀었다. 핵폭탄도 아닌 눈에 보이지도 않는 바이러스가 인간들을 학살할 줄 상상하지 못했다. 동물들은 다 살려주고 인간들만 죽이는 바이러스라니. 화성을 탐사하고 곧 달나라로 이주하려고 회원을 모집 중인 인간들이 바이러스에는 속수무책이라니. 그러나 살아남을 인간은 살아남기 마련이야. 그중 하나가 나야. 분명해. 엘은 그렇게 자신에게 타이르며 계좌이체 시도를 멈추지 않았다.

유랑이는 우리 딸이에요.

계좌이체를 시도하던 손가락이 이마를 짚었다.

무슨 소리냐고 물을 여유도 없었다. 그런데도 머릿속에는 피어가 처음 이 빌딩에 입주했다고 엘을 찾아왔던 때를 떠올리고 있었다. 초면이 아닌 여자였다. 11월의 다이아몬드 계곡에서 만났던 여자였다. 그곳은 엘이 기억하고 싶지 않은 최악의 장소였다. 친구들과 함께 피서지에서 놀다가 계곡을 걷고 있었다. 그때 한 여자를 두고 술 취한 친구들 사이에서 시비가 붙었다.

엘은 모른 척 돌아섰다. 순간 여자의 비명이 들리고 집단 난투극이 벌어졌다. 여자를 희롱하던 친구들끼리 싸움이 붙은 것이다. 그날 그 여자를 무리에서 데리고 나온 것이 엘이었다. 사실은 엘도 그 여자의 미모에 마음이 동했던 것이다.

여자는 엘에게 고마움을 표시했다. 어둠 속에서 밤새 이야기를 나누었고 새벽이 되기 전에 계곡에서 사랑을 나누었다. 그러나 그것으로 끝이었다. 다시는 그 여자를 만나지 않았다. 실수로 하룻밤을 보낸 여자를 일일이 챙길 바보가 어디 있겠는가 말이다.

피어의 딸이 우리 딸이라니.

피어는 그 문자를 끝으로 다시 조용해졌다. 피어에게 보내려던 현금을 보내기가 꺼려졌다. 돈 관계가 얽히는 것은 인간관계에 얽히는 것만큼이나 귀찮은 일이었다.

엘은 갈피를 못 잡고 거실을 오갔다.

또 10분이 지났다. 다시 피어에게서 문자가 들어왔다.

유랑이 떠났어요. 거기가 어딘지는 모르지만. 유랑이를 살려주겠다고 보내라고 해서.

엘은 문자를 읽기만 했다.

유랑이는 다이아몬드 계곡에서……. 진작 말하고 싶었지만 딸 이야기를 하면 또 당신이 조용히 사라질까 봐. 유랑이가 중학생이 되면 말하려 했는데…….

문자는 그렇게 끊어졌다.

엘은 피어의 문자를 아무런 감흥 없이 보았다. 무슨 상관이란 말인가. 내가 곧 죽게 생겼는데…….

딸이 있다고 진작 말했어도 달라지는 일은 없다. 법적으로 책임질 일을 다투고 친자 확인 소송을 하자고 설쳤겠지. 친자가 맞다고 판결 나도 엘이 가진 재산의 일부를 떼어주는 선에서 관계를 정리했을 것이다.

수시로 벽시계를 보았다. 12시 55분. 가든 가지 않든 결정이 필요했다.

먼지 같아. 모든 것이.

엘은 중얼거렸다. 허공에 떠다니는 먼지가 차라리 부러웠다. 먼지는 죽어도 시신을 처리할 보디백이 필요하지 않고 시신이 부패하여 썩은 내를 풍기지도 않을 것이고 또 처리를 기다리지 않아도 될 터였다.

떠날 것인가. 머물 것인가.

아무래도 선택은 어려웠다. 거실을 서성이다가 엘은 읽지 않은 메일을 뒤적이기 시작했다. 떠나든 떠나지 않든 지금 할 일은, 읽지 않은 누군가의 메일을 확인하는 일이라는 듯. 하지만 초조한 마음에 읽지 않았던 메일을 건성으로 뒤졌다.

최종적으로 찾은 메일은 누나에게 온 아버지의 부고였다. 그 메일을 찾은 순간 엘은 자신이 메일을 뒤진 이유를 알았다. 아버지의 부고 메일을 제대로 읽지 않았던 것이 마음에 걸렸던 것이다.

바이러스가 막 기승을 부리던, 몇 달 전에 받았던 아버지의 부고 메일.

집 떠나온 지 이십 년이 넘어서 엘이 처음으로 가족에게 받은 소식이기도 했다. 엘은 재계의 유명 인사였으므로 누나는 엘의 메일 주소를 쉽게 알아냈을 것이다.

바이러스 때문에 이미 아버지 장례는 치렀다. 바이러스가 창궐하니 올 생각은 말고 아버지 소식이나 알고 있어라.

그리고 누나는 메일의 말미에 아버지가 남겨둔 동영상을 첨부한다고 적었다. 처음 메일이 왔을 때 동영상을 확인하지 않았다. 아니, 확인할 수 없었다. 이십 년 전에 가족을 버리고 떠나왔으므로 이미 돌아가셨다는 동영상 속의 아버지일망정 차마 뵐 낯이 없었던 것이다.

엘은 이마를 문지르며 망설이다가 결국 동영상을 클릭했다. 오랫동안 버퍼링이 이어지더니 아버지의 음성과 모습이 나왔다. 한 손으로 입을 막고 한 손으로 눈을 반쯤 가린 채 아버지의 동영상을 보았다. 아버지는 카메라를 응시하며 손가락으로 한 자씩 짚어가며 책을 읽듯 조심스레 말문을 열었다. 평생을 학자로 살았을 아버지다운 모습이었다.

5.

내 아내가 교통사고로 휠체어 신세가 된 지 벌써 스무 해가 다됐네.

시 한 편 만드는 것 외엔 다른 일에 아무런 관심이 없던 내 딸이 시집도 가기 전에 벌어진 일이지. 휠체어를 탄 것도 십 년이나 지나서야 가능했을 정도로 내 아내의 몸은 엉망진창이었어. 멀쩡한 것은 오직 뇌뿐인 것 같았지.

그때부터 우린 아내를 먹이고 씻기고 재우는 일에 모든 시간을 바쳤지. 아니야. 사실은, 난 강의 간다고 집을 비우고, 내 딸이 아내를 돌봐주느라 쉰이 넘어버렸지.

그런데도, 내 딸은 시 하나 잘 써보겠다고 끙끙대면서도, 몸은 제 어미에게 뺏긴 채로 그렇게 살았지. 난 정년퇴임을 한 뒤에도 딸에게 아내를 맡겨두고 학회 활동을 핑계로 밖으로 나돌기가 일이었어. 내 푸념이 길었지? 이 동영상을 찍는 것은 내 아들 엘에게 한마디 건네고 싶어서였는데……

아들아, 엘아…… 잘 지내지? 우린 널 언제나 지켜봤어. 넌 훌쩍 떠나기를 잘한 거야. 그래서 우린 네게 연락하지 말자고 약속했지. 너라도 자유롭게 세상을 마음껏 살기를 바랐으니까. 그렇지 않으면 평생 네 누나처럼 엄마 병간호로 평생을 보내야 했을 테지만. 우린 네가 유명해져서 소식 들을 수 있으니 참 고마웠지.

그런데 이틀 전 내 몸에 문제가 생겼어. 바이러스가 덮치다니! 아내에게 옮기면 어쩌고 내 딸에게 옮기면 어쩌라고. 물론 검사를 받아본 건 아니지만 바이러스를 생각할수록, 지금까지 아슬아슬하게 유지해 왔던 일상이 완벽하게 깨질 것 같아서 불안해. 내 딸이 얼마나 고생했는데 나까지 아프면 어쩌라고! 내가 감염이라도 시킨다면…….

더 나빠지기 전에 먼저 가기로 했어. 이 영상을 찍고 나면 모아둔 수면제를 먹을 거야. 누구도 감염시키기 전에. 그것이 내 딸의 짐을 더는 것이라면…….

수면제가 충분한 게 다행이야. 아내가 사고가 난 뒤 틈나는 대로 몇 알씩 모았으니까. 지금껏 그걸 먹지 않은 건 딸 때문이야.

시를 발표한다고, 시를 배우러 간다고, 시를 전시한다고,

생기에 차서 보풀 난 원피스를 벗고 손질한 옷으로 갈아입
고 모처럼 구두를 신고 화장을 하고 외출하던, 딸을 위해
서야. 내 딸이 한 주에 딱 한 번 두 시간 다녀오는 그 시간
을 지켜주기 위해, 난 아내와 함께 집에서 있어줘야 했고
이를 악물고 지금껏 버텼던 거야. 그런데 이제 바이러스가
딸을 위한 그 시간도 허락 못 해주겠다네.

나만 편히 떠나서 미안해. 용서해 줘. 모두 함께 있던 시간
이 가장 행복했어.

그리고 아들아. 우린 한 번도 네가 집에서 나갔다고 여기
지 않았단다. 늘 네 이야기를 했으니까. 그때마다 늘 미안
했지. 함께 있어주지 못해서…….

6.

어머니와 누나에게 전화를 하고 싶었지만 늦어버린 것
같았다. 그래도 엘은 답장을 썼다.

누나. 어머니. 이 바이러스가 지나가면 집으로 돌아갈
게요.

그러나 결국 엘은 답장을 지워버렸다. 아무래도 이미
돌이킬 수 없이 늦어버린 듯했다.

7.

헬리콥터가 엘을 내려놓은 곳은 산꼭대기였다. 주위에
는 구름뿐 아무것도 보이지 않았다. 누구도 도저히 올라
올 수 없을 것 같은, 도무지 높이를 가늠할 수 없는 산꼭
대기였다. 순간 빛이 눈앞을 가렸다. 두 손으로 빛을 가리
고 있다가 손을 거두자 엘의 옆에 한 여자아이가 서 있었
다. 갑자기 나타난 아이를 보자 말문이 턱 막혔다.

누가 널 여기로 데려다준 거니?

헬리콥터…….

널 데려다준 사람은 어디 있니?

아이는 모른다고 했다. 그리고 대뜸 미안하다고 했다.

왜?

아저씨를 여기로 오게 한 건 나니까요.

그래? 누구한테 부탁했다는 거야?

몰라요. 소리가 들렸어요. 산꼭대기에 앉아 있는데 바
람이 불고 소리가 물었어요. 그렇게 아빠가 보고 싶냐고.
너무 보고 싶다고, 아빠를 만나게 해준다고 해서 여기까
지 온 거라고 했더니, 잠시 만나게 해주겠다고.

잠시, 라는 말이 마음에 걸렸으나 엘은 유랑의 말에 더
귀를 기울이기로 했다.

사실 이곳으로 올 때 엄마가 그랬어요. 160층 아저씨가 내 아빠라고. 그래도 정말로 이곳으로 데려올 줄은 몰랐어요. 아저씨도 나처럼 집에 못 가게 되면 어떡해요?

그래서 널 데려온 건 누구란 거니?

모르겠어요. 소리만 들렸으니까. 그 소리가 그랬어요. 지구의 인간들 중에서 나를 가장 좋아했대요. 인간이 다 사라져도 나는 살려두고 싶었대요. 어느 날 내가 양귀비가 지천인 들판에 누워 있는 걸 봤는데 너무 예뻤대요. 그래서 내 볼에 얼음처럼 차갑고 쇠처럼 단단한 표식을 심어뒀대요. 그런데 혹시 아저씨, 아니, 아, 아빠도 볼에 무슨 표식이 있나요?

아니, 난 그런 것 없어.

아빠란 말에 오히려 더 무뚝뚝하게 굴면서 엘은 왼쪽 볼을 만졌다. 순간 손가락에 닿는 차갑고 쇠처럼 딱딱한 것에 소스라치게 놀랐다.

소리가 말해줬어요. 아저씨에게도 표식을 심었다고. 그런 사람이 이제 우리 둘뿐이라고. 그런데 우리 중 한 명만이 지구로 다시 내려갈 수 있다고.

그건 또 무슨 소리야?

절대적인 힘 앞에 끌려와 '어떤 것'에 완벽하게 보이고 있다는 증언처럼 들렸다.

그렇다면 꺼내자, 표식.

엘은 손가락으로 이물질을 꺼내려다가 안 되자 돌로 볼을 찍었다. 피부는 쇠처럼 단단해서 그어지지도 않았다. 더욱 세게 돌의 뾰족한 면으로 표식을 빼내려 했지만 실패였다.

그러는 동안에도 바람이 매섭게 불고 눈이 쏟아졌다. 꽃이 피더니 낙엽이 지고 다시 눈이 쏟아지는 것이 반복되었다. 몇 계절이 지나가고 있는 것인가, 난감했다.

그때였다. 커다란 장막 같은 빛이 거대하게 눈앞에 펼쳐졌다. 빛은 하도 눈부셔서 금방이라도 눈을 멀게 할 듯했다. 엘과 유랑의 몸을 장막 같은 빛으로 둘둘 말더니 허공 위로 한없이 끌어 올렸다. 머릿속이 하얗게 비고 몸은 먼지처럼 가볍게 느껴졌다. 육신의 무게는 오직 작은 뇌의 무게뿐인 듯했다. 육신은 없어지고 다만 뇌로만 존재하는 듯했다.

엘과 유랑은 허공의 중력에 둥둥 떠 있었다. 몸을 둘러싼 장막 같은 눈부신 빛은 온화한 주황빛으로 바뀌었다.

이제 아빠를 만났으니 기쁘냐?

형체는 보이지 않고 소리만 들려왔다. 눈에 보이지 않지만 장막같이 주위를 두른 주황색 빛이 어쩌면 소리의 몸체인 듯했다.

네. 아빠가 와서 기뻐요.

이제 소원을 이뤘으니 넌 지구로 내려가야 한다. 지금.

그럼 난 어떻게 되는 겁니까?

엘이 물었다.

먼지가 되어 사라질 것이다.

안 돼요! 그렇게 말했다면 아빠를 이곳에 데려다 달라고 하지 않았을 거예요.

유랑이가 소리쳤다.

어차피 네 아빠 백 년 전, 지구의 인간들처럼 죽었을 몸이야.

아무튼 아빠와 같이 가지 않는다면 난 지구로 가지 않겠어요.

유랑아, 내려가라.

아빠를 내려보내 주세요. 아빠 가진 게 많아요. 아빠 할 수 있는 게 많아요. 아빠 어쩌면 지구에 인간이 다시 살게 할 방법을 알지도 몰라요. 아빠……

유랑아. 네 아빠 세상에 태어나서 단 한 번도 남을 위해 자신을 희생해 본 적이 없는 인간이다. 지금도 널 두고 혼자 내려갈 궁리만 하고 있다.

엘은 속마음을 들킨 것에 뜨끔했다. 당연히 철없는 유랑과 자신이 같은 마음일 수는 없지 않은가. 아빠라고 부르는 여자아이 앞에서 그런 말을 꺼내지 못할 뿐이었다.

유랑아, 어서 지구로 내려가라. 신들이 우리를 지켜보고 있다.

아빠를 먼저 보내주세요. 혼자 지구에서 살고 싶지 않아요. 나를 좋아한다면 아빠를 보낸 뒤 나도 지구로 보내주세요. 같이 살고 싶어요. 아빠와 단 한 번만이라도.

유랑은 엘에게 손을 내밀었다. 엘은 유랑에게 잡히지 않으려고 몸을 조금 움직였다. 허공에 떠 있어서 몸은 쉽게 움직여지지 않았다. 그래도 유랑이는 엘에게로 자꾸만 손을 내밀었다.

유랑아……. 내 사랑 유랑아…….

그 소리는 엘의 목소리가 아니었다. 애타게 유랑이를 부르는 것은 거대한 장막 같은 빛에서 울려오는 소리였다. 그러자 거대한 장막의 빛이 점차 물에 젖은 듯 검게 변해갔다. 유랑이를 부르는 소리도 절망에 잠긴 듯, 혹은 물에 젖은 듯 둔탁해졌다. 유랑의 몸이 먼지처럼 흩어지더니 검게 변한 빛 속으로 스며들어 빛과 함께 사라지고 말았다.

천지가 암흑이 되자 엘의 몸은 한없이 추락하기 시작했다.

8.

엘이 눈을 뜬 곳은 희고 붉은 꽃이 끝없이 펼쳐진 들판이었다. 꽃덤불 너머에 무엇이 있을지 알 수 없었다. 꽃나무 가지는 가는 철사 같았고 아래로 휘어져 늘어진 가지에는 가시가 가득했다. 여러 종류의 꽃나무와 꽃들은 처음 보는 낯선 것들이었다. 엘은 노을이 가득 번진 하늘을 보며 걸었다.

목이 말랐지만 먹을 것은 꽃잎밖에 없었다. 손에 가득 꽃잎을 따서 입에 털어 넣었다. 즙이 달콤하게 입안 가득 고였다. 엘은 더욱 붉게 물드는 하늘을 보며 걸었다. 한없이 자유롭고 좋았다. 모든 인간이 다 죽었어도 결국 살아남은 자신이 만족스러웠다.

꽃덤불을 지나자 정글같이 뒤엉킨 나무숲이 이어졌다. 숲으로 깊숙이 들어갔다. 숲속은 꽃길보다 조금 더 어두웠지만 과일이 매달린 나무가 많았다. 어떤 과일을 따서 먹어도 과즙이 달콤하게 입안을 적셨다.

전에는 자유로운 이동을 해본 적이 없었다. 늘 집이 있었고 날이 저물면 귀가했다. 여행을 떠나도 집으로 복귀했다. 만약 집이 없었다면 어디든 다녔을 것이고 수없이 많은 것을 보았을 것이다. 그러니 지금의 자유가 엘이 평생 소원하던 바로 그 자유인 것만 같았다.

길은 끝없이 이어졌지만 어두워지자 멈출 수밖에 없었다. 쉴 곳을 마련해야만 했다. 쓰러진 나무들을 얼기설기 세워 원추형 움막을 만들었다. 밤이 깊어지자 바깥 기온이 떨어졌고 먼 데서 짐승 소리가 들리고 움막 가까이로 짐승들의 눈동자가 오갔다. 짐승들을 물리치기 위해 나무를 뾰족이 깎아 움막 밖에 세워두었다. 아침마다 짐승들이 엘이 만든 무기에 찔려 죽어 있었다.

날이 밝자 또다시 걸었다. 그렇게 며칠을 걸어도 여전히 혼자였다. 점차 어디로 가려는지, 왜 가려는지, 그리고 누구에게 가는 것인지 모른 채 걷다가 꽃잎과 과일을 쥐던 손으로 토끼와 뱀과 꿩 같은 것을 잡았다.

9.

엘은 아침 일찍, 움막 안으로 쏟아져 들어오는 소리에 눈을 떴다.

네 아빠 누군가를 위해 한 번도 자신을 희생해 본 적이 없는 인간이야.

엘은 소리를 향해 주위를 두리번거렸다. 언젠가 보았던

주황색 빛이 움막 사이로 비집고 들어오고 있었다.

아빠를 내려보내 주세요. 아빤 가진 게 많아요. 아빤 할 수 있는 게 많아요. 아빤 어쩌면 지구에 인간을 다시 살게 할 방법을 알지도 몰라요. 아빠…….

유랑의 목소리가 들렸다. 유랑이에게 끝내 내 딸이라고 말해주지 못했다는 사실이 떠올랐다.

엘은 자꾸만 들려오는 유랑이의 목소리를 듣지 않으려고 귀를 막았다. 볼에서 눈물이 주룩 흘러내렸다.

순간 지구에 아무도 없이, 한 인간으로 남았다는 사실이 괴이하고 겸연쩍게 느껴졌다. 그러자 문득, 자신이 철창에 갇혀 혼자 사는 형벌을 받은 무기수 같았다.

명자꽃이 가네

유
시
연

유시연

2003년 《동서문학》 등단. 소설집 《알래스카에는 눈이 내리지 않는다》《오후 4시의 기억》《달의 호수》《쓸쓸하고도 찬란한》, 장편소설 《부용꽃 여름》《바우덕이전》《공녀 난아》《벽시계가 멈추었을 때》 등이 있다. 〈정선아리랑문학상〉〈현진건문학상 대상〉 수상.

"엄마, 나 어떡해!"

난희는 새벽에 걸려온 국제전화를 받고 심장이 벌렁거리며 정신이 혼몽했다. 아프리카라니, 이게 무슨 날벼락인지 도무지 알 수 없었다. 이탈리아에 있어야 할 딸이 머나 먼 대륙 아프리카에서 구조 신호를 보내고 있었다. 난희는 침대에서 일어서려다 말고 두 다리가 풀리며 주저앉았다. 자다가 얼떨결에 받은 국제전화는 신호음이 미약했으나 딸의 울음에 잠긴 목소리만은 또렷하게 들려왔다. 심호흡을 하고 천천히 통화 내용을 복기했다. 이탈리아 피렌체에서 같은 클래스메이트인 일본인 친구와 함께 잠비아까지 날아가서 수녀원 숙소에 짐을 풀어놓고 가벼운 차림으로 주변 국가를 돌아다녔다는 이야기인 것 같은데 내용이 아리송했다. 하필이면 유럽에서 비교적 가까운 알제리나 모로코가 아닌 먼 대륙을 건너갔는지 답답했다.

난희는 잠비아 수녀원 숙소라는 말을 떠올리며 딸이 후원하는 수녀원이 그곳에 있고 영어권이라는 데에 일단 가슴을 쓸어내렸다. 그러고 떨리는 마음을 누르고 외교부에 전화를 걸었다. 업무 시간이 아니라는 안내 음성이 떠서 그제서야 휴일임을 알았다. 한국과 아프리카 재단 홈페이지를 들어가 민원 상담란에 글을 남기고 잠시 숨을 몰아쉬었다.

난희는 열흘 넘게 꼼짝없이 집 안에 들어앉아 있다 보니 온갖 잡생각에 빠져 살았다. 감옥이 따로 없었다. 2주 전, 오전 10시쯤 전화를 받고 카페에 나갔다가 출입문이 폐쇄되어 있는 걸 확인했다. 방역복을 입은 사람들이 카페와 상가 주변을 소독하고 있었다. 멀찌감치 떨어져서 상황을 지켜보던 사람들이 종종걸음으로 사라지고 난희는 그 자리에 서서 사태를 파악하려 머리를 굴렸다. 무슨 일이시죠? 물었으나 아무도 대답해 주는 사람이 없었다. 난희는 스마트폰을 열어보았다. 하루 전에 A상가에서 확진자가 발생했으니 그 시간에 상가를 다녀간 사람은 자가 격리 하라는 문자가 떠 있고 확진자의 동선에 난희의 카

페가 명시되어 있었다. 마른하늘에 날벼락이었다. 난희는
혹시 싶어서 승용차를 몰고 나왔다가 카페 근처에는 접근
도 못 하고 도로 돌아와야 했다.

"걱정하지 마. 엄마가 알아볼게."

딸을 달래며 안심시키려 애썼지만 막연하기는 난희도
마찬가지였다. 딸의 안위도 문제지만 가게 문을 오래 닫
은 일이 걸려 불안해졌다. 몇 달은 그렇다 쳐도 언제 끝
날지 알 수 없는 상황을 얼마나 더 견뎌야 할지 막막했다.
난희는 커피를 마시려던 잔을 내려놓고 손을 떨었다. 이
상황을 어떻게 이해해야 할지 혼란스러웠다. 괜찮아, 괜
찮아질 거야. 무슨 일이 벌어지는지 알 수 없는 일들이 일
어나고 있었다. 두통이 심해지며 오한이 났다. 감기몸살
이 온 것처럼 정신이 혼미했다. 난희는 아스피린 두 알을
먹고 소파에 드러누웠다.

보름간 꼼짝없이 집 안에 갇혀 있었던 시간은 안개 속
에서 길이 보이지 않는 것처럼 회색빛이었다. 번잡한 지
난날을 떠올리면 스스로에게 쉴 수 있는 기회를 준 것이
나 진배없었지만 현실은 그렇지 않았다. 텔레비전을 켜놓
고 뉴스에 시선을 모으며 불안정한 나날을 보냈다. 아무
도 찾아오는 사람이 없는 시간은 축복이 아니라 감옥이었
다. 좀 더 성격이 너그럽거나 담대하였다면 달라졌을까.

아무것도 안 하고 집 안에 틀어박혀 보내면서 난희는 몸살과 소화불량에 시달렸다. 간간이 찾아오는 두통으로 잠을 잘 이루지 못했다. 유일한 낙이라면 유리창 밖으로 돋아나기 시작한 햇순과 봄꽃을 보는 일이었다. 그것도 별 감흥 없이 지나갔다. 세계 곳곳에서 전염병으로 사람들이 죽어가고 있었다. 하늘은 푸르다 못해 눈이 시렸다. 푸른 하늘 아래 화사한 꽃들이 피어나는데 풍경과는 대조적인 죽음의 그림자가 세상을 덮고 있었다.

난희는 바쁘다는 핑계로 소원해진 친구 숙자에게 전화를 걸었다. 숙자는 서울 삼성동 코엑스에서 빈티지샵을 운영하는데 석 달째 쉬는 중이라고 했다. 숙자의 목소리는 목이 쉬었는지 가라앉아 있었다. 그녀는 건축업을 하는 남편 덕분에 굳이 기를 쓰고 가게를 운영하지 않아도 되었지만 사업가 부인들이나 연예인과의 상거래에서 생의 즐거움을 찾고 있었고 나름 사회와의 소통인 듯했다. 숙자 사촌언니가 뉴욕에서 디자이너로 활동하며 유럽의 상표가 붙은 의류나 귀고리, 장신구, 모자, 가죽 가방이나 지갑을 연결해 주고 있었기에 알 만한 기업의 부인들도 이용하고 있었다.

텔레비전에서는 이탈리아에 퍼지는 전염병이 심각한 수준이라고 연신 소식을 전했다. 장례식장이 부족해서 시신을 모신 관이 성당 안에 꽉 차 있는 장면을 가감 없이 내보내고 있었다. 미국 병원에서는 시신 자루를 포개어 놓은 장면까지 보여주었다. 난희는 속이 울렁거렸다. 화장실에서 토하고 나니 조금 가라앉는 것 같았다. 뉴스는 온통 전염병 이야기로 도배를 하고 있었다. 난희는 이탈리아가 뉴스에 등장할 때마다 가슴이 아릿해졌다. 숙자는 또 그녀대로 정신이 없는지 함께 서유럽을 여행할 때 피렌체에서 하룻밤을 묵은 것도 기억하지 못했다. 우리 피렌체로 단체 관광을 갔다 오지 않았느냐고 되물으려다가 난희는 그 말을 꿀꺽 삼켰다. 피렌체 뒷골목에서 앵클부츠와 가방을 사 온 일도, 광장 노점에서 초록색 실크스카프와 귀고리를 산 일도 까마득했다. 남편이 현직에 있을 때 일이므로 그때는 서유럽, 동유럽, 북유럽을 누구보다 먼저 다녀와서 선진국은 역시 다르다며 지인들에게 자랑 아닌 자랑을 했었다. 난희의 마음속 유럽이 전염병에 허약한 구조를 드러내며 손을 못 쓰자 알 수 없는 허전함이 가슴을 쓸고 지나갔다. 난희가 알던 낭만과 예술의 도시는 속수무책으로 무너지고 있었다.

마늘종멸치볶음과 묵은지조림을 반찬통에 담아 에코백에 넣으려다가 난희는 한숨을 쉬며 도로 냉장고에 넣어두었다. 아버지는 아마 혼자서도 거뜬히 버틸 분이었다. 어머니를 먼저 보내고 이십 년을 끄떡없이 살아남은 그 힘은 태생적으로 강인한 체력과 정신력이라기보다 삶에 대한 애착이 남달랐기 때문이었다. 그렇다 하더라도 아흔아홉 아버지의 나이가 걱정스러웠다. 난희는 안절부절못하다가 마스크를 쓰고 마당으로 나왔다. 산자락 중턱에서 내려다보이는 아버지의 집은 적요했다. 아버지는 보이지 않았다.

목련이 지고 복숭아꽃이 핀 뜰은 봄볕이 가득 쏟아져 내렸다. 눈이 부셨다. 아버지 집 근처로 이사 오기까지 별다른 고민은 없었다. 남편은 대기업을 퇴직하면서 받은 돈으로 난희에게 커피숍을 하나 마련해 주고는 본인은 계약직 엔지니어로 외국에 장기 체류하면서 일을 연장하고 있었다. 남편이 일하는 곳은 캄보디아의 어느 도시였다. 프놈펜인가 씨엠립인가에서 통신 관련 공사 감독 겸 기술 자문을 하는 것으로 알고 있었다.

―동료랑 유적지를 다녀왔어. 당신도 같이 왔으면 좋았을 텐데. 서양인에 의해 발견된 유적은 인류의 위대함을 말해주는 듯해. 당신은 역사 전공이라 실감 날 텐데, 아쉽네.

남편은 틈틈이 문자를 보내왔다. 독일인에 의해 발견된 트로이 문명이 신화에서 역사가 되었듯이 인류의 문화유

산을 먼 후대에 누군가가 발견하여 세상에 드러나는 일은 짜릿한 전율과 위로의 메시지가 될 터였다. 남편의 문자를 보며 난희는 이웃 나라의 고대문명을 상상하거나 언젠가는 꼭 가보리라 다짐했다. 친구 숙자와 떠났던 서안에서 진시황의 무덤을 못 본 것은 아쉬움이 남았다. 방대한 진시황 무덤의 둘레는 커다란 산이었고 그곳을 가기 위해서는 길 양편으로 침엽수가 길게 뻗어 있는 길을 지나가야 했다. 아직 발굴이 되지도 않았는데 관광객이 몰려들었고 황량한 숲과 산을 보며 단지 무덤의 크기를 짐작만 하고 헛걸음을 한 게 몹시 아쉬웠다. 숙자는 무덤을 개방하면 다시 오자고 몇 번이나 다짐을 했다. 서안에 다시갈 날이 올까. 서유럽에서 일 년만 살아보고 싶다고 노래를 부르며 난희는 부질없는 희망을 놓고 살았다. 젊어서 먼 거리에 있는 나라를 먼저 보고 가까운 아시아 쪽은 나이 들어서 가는 게 좋다고 누군가 한 말을 새겨들었던 난희는 실제로 남들이 가기 어려운 지역을 두루 다녔다. 한때 남편이 대기업에 근무하며 형편이 좋았던 시절의 이야기였다.

냉장고에 넣어두었던 반찬을 꺼내 보자기에 쌌다. 창문을 열고 멀리 아버지 집의 지붕을 내려다보았다. 적막한 시간이 고여 있는 아버지의 집은 밝은 햇볕 아래 고요히 백년이고 천년이고 버틸 것 같았다. 한동안 아버지 집에 내왕을 못 한 난희는 아버지를 먼발치에서 바라보며 근황을 탐색하고 있었다. 변함없이 꼿꼿한 자세로 지팡이를 짚고 동네 한 바퀴를 돌아 집으로 가는 아버지의 실루엣은 막막한 난희의 가슴에 가느다란 숨통을 틔워주었다. 고령이라 언제 어떻게 될지 몰라 노심초사하며 지켜보고 있었으나 아버지는 세상이 시끄럽거나 말거나 아침이나 저녁, 비가 오나 눈이 오나 동네를 한 바퀴 돌았다.

현관문을 닫고 난희는 봄꽃이 날리는 하늘을 쳐다보았다. 햇볕이 열기를 지상에 뿌리며 서서히 대기를 달구고 있었다. 돌계단을 조심스럽게 밟으며 경사진 마당 입구를 내려서자 계곡물 소리가 낮게 들려왔다. 계곡을 따라 비탈진 길을 서너 블록쯤 내려오면 사철나무 울타리로 뒤덮인 담장이 보이고 소나무가 길게 팔을 펼치듯 뒤뜰에 서 있는 집, 아버지가 12대 조부터 살아온 낡은 기와집이었다.

"무얼 하고 계세요."

난희의 목소리에 아버지가 밥을 입에 퍼 넣다 말고 고개를 쳐들었다. 부엌 식탁에는 김, 고등어구이, 깍두기가 접시에 담겨 있고 곰국 사발이 놓여 있었다. 아버지의 등 뒤로 곰국이 담긴 냄비에 국자가 걸쳐져 있는 것으로 보아 데워서 드시는 것 같았다. 곰국은 난희가 큰 냄비에 담아 냉장고에 넣어둔 터였다. 아버지가 곰국 사발을 들어 마셨다. 입 주위에 김칫국물이 묻은 게 보였다. 아버지는 못마땅한 기색으로 노려보더니 다시 숟가락 가득 밥을 담았다. 그 표정에는 불만이 가득 차 있었다. 난희는 서둘러 보자기를 열어 마늘종멸치볶음과 묵은지조림을 꺼내어 놓았다. 아버지가 힐끔 반찬통을 바라보더니 다 먹었다, 그러며 숟가락을 소리 나게 탁 놓았다. 난희는 도로 반찬통 뚜껑을 닫아 냉장고에 넣어두고 설거지를 했다. 아침에 달걀프라이를 해 드셨는지 기름 냄새가 났고 음식물 찌꺼기를 담아두는 그릇에는 계란 껍데기가 쌓여 있었다. 생선이나 고기 종류 같은 고단백을 좋아하는 아버지의 식성이 부엌 곳곳에 남아 있었다.

"달달한 커피 드릴까요?"

"몸에 안 좋다. 무설탕커피를 마셔야지."

믹스커피를 마시던 아버지는 언젠가부터 아메리카노 스타일의 블랙으로 전환했다. 텔레비전 건강 백세 프로인가에서 믹스커피가 몸에 해롭다는 내용을 본 뒤부터는 블랙을 마셨다. 일회용 블랙커피를 머그잔에 타서 아버지에게 드리고 난희는 믹스커피를 마셨다. 가끔 달달한 커피가 마음을 안정시켜 주는 것 같아 낮 시간에는 한두 잔 마셨다.

"감기몸살이 왔나 봐요. 인후통이 심해서 물을 잘 못 삼켜요."

안방과 거실 창문을 닫으며 난희는 아버지를 바라보았다. 아버지는 못 들은 체하는 건지 반응이 없었다. 혼자 있을 적에는 안팎으로 문을 꼭꼭 걸어 잠그고 살다가 난희가 근처로 오고부터는 창문을 자주 열어놓았다. 환기가 건강에 좋다는 텔레비전 프로를 시청한 후부터 생긴 버릇이었다. 아버지 집 가까이 내려오면서 난희는 언뜻언뜻 아버지가 낯설었다. 소외감마저 들었다. 손녀딸과의 전화를 옆에서 들으면서도 아무런 반응이 없었다. 청력에 문제가 생겼나 하면 그렇지도 않았다. 이장이 찾아와서 농협 생멸치를 살 건지 물어보고 갔는데 그걸 왜 사지 않냐고, 젓갈을 담가 김치를 하면 맛있다고 지청구를 주기까지 했다. 난희는 초등학교 2학년인가, 비 오는 날을 떠올렸다. 우산을 들고 학교로 마중 나와 난희를 업고 집으로 온 아버지의 널찍한 등을 기억했다. 따뜻하고 든든한 아버지의 등에 기대어 잠이 들었다가 깨어나니 집이었다. 섭섭한 감정이 차오를 때마다 난희는 그날을 떠올리며 쓸쓸한 심경에 젖었다.

커피잔을 들고 난희는 아버지와 마당으로 나왔다.

"잠이 안 와."

"약 드시지 그랬어요."

"약이 떨어졌어. 전립선 약도 타 와야 하는데."

명자꽃잎이 툭 떨어져 내리자 아버지의 어깨가 움찔 움츠러들었다. 잠을 잘 못 잔 듯 얼굴이 부스스하고 거칠어 보였다. 지난봄부터 그랬다. 아버지는 봄앓이를 심하게 했다. 정원에 흐트러졌던 꽃잎들이 그의 신경을 자극하는 게 아닌가 하는 의구심이 들었다. 봄이 지나가는 소리를 아버지는 마음으로부터 듣는 것 같았다. 이른 봄 벚꽃이 하늘을 뒤덮을 듯 날아다니자 아버지는 마른기침이 부쩍 심해지며 자주 짜증을 냈다. 아흔아홉 살 노인의 응석에 난희는 지쳐갔다. 그녀의 인생에 지금 같은 미래는 상상할 수도 없었는데 오빠가 먼저 가고 그 충격으로 어머니마저 세상을 버린 뒤 난희에게는 아버지가 덤으로 떠맡겨졌다. 예상하지 못한 일이었다.

화단에는 붉은 꽃잎들이 군데군데 흩어져 있었다. 아버지는 더욱 애잔한 눈빛으로 꽃을 바라보며 한숨을 깊게 내쉬었는데 할머니를 연상하는 게 아닐까 짐작할 뿐이었다. 모란은 할머니가 아버지를 낳았을 때 할아버지가 기념으로 심은 것이라 하였다. 아버지는 모자를 쓰고 지팡이를 짚은 채 뜰을 서성이고 있었다. 막 새잎이 돋아나는 나뭇가지를 바라보며 아버지는 뭔가 말을 하는 듯했다. 혼자 긴 세월을 살아온 아버지의 상대는 앞마당과 뒷마당의 식물이란 걸 난희는 그 순간 깜박했다.

난희는 아버지의 시선을 따라 정원에 핀 꽃들을 바라보았다. 꽃보다는 주로 은목서나 황금측백의 윤기가 꽃의 화사함을 덮어버릴 듯 잎을 흔들어 대고 있었다. 유독 아버지의 시선이 오래 머물러 있는 꽃이 있었다. 난희는 아버지의 시선을 따라 붉은 명자꽃을 바라보았다. 꽃잎이 한두 장 떨어져 내렸다. 아버지는 낙화하는 꽃잎을 망연히 바라보며 그 자리에서 움직이지 않았다. 어머니를 먼저 보내고 혼자 이십 년 세월을 견딘 자신의 처지를 돌아보는 걸까. 겉으로 보이는 아버지의 지난 시간은 잔잔하고 단조로웠다. 그의 길고 지루한 시간이 흔들릴 일은 없을 듯 보였다.

"명자꽃이 가네."

나지막한 소리로 아버지가 중얼거렸다. 그 순간 난희는 명자가 갔네, 라는 소리로 알아듣고 깜짝 놀랐다. 명자는 어머니의 이름이었기 때문이다. 난희는 울컥 감정이 치받치는 것을 눌러 참으며 아버지의 팔을 붙잡았다. 가늘어진 팔의 뼈마디가 딱딱한 촉감으로 난희의 손안에 잡혀왔다. 아버지는 난희가 이끄는 대로 집 안으로 들어와 소파에 주저앉아 거친 숨을 내쉬었다.

"힘들어."

아버지의 중얼거림이 텔레비전 소음에 묻혔다. 텔레비전에는 전염병 소식으로 가득했고 병에 걸린 사람의 숫자와 죽은 사람의 숫자가 자막으로 떴다. 국내 소식을 앵커가 소개할 때 해외에서의 감염자 숫자가 실시간으로 자막에 나왔다. 아버지의 표정이 침울해졌다.

집 안에는 라면 봉지와 사탕 껍데기가 여기저기 놓여 있었다. 아버지는 난희를 기다렸을 것이다. 거실 바닥에는 초콜릿을 까먹은 껍질과 비스킷 부스러기가 흩어져 있다. 봄볕이 긴 그림자를 끌며 거실 깊숙이 들어와 넘실거렸다. 화단에는 이 구석 저 구석에서 알 수 없는 식물들이 쑥쑥 올라왔다. 성장 속도가 얼마나 빠른지 마치 아버지의 질풍노도와 같았던 청년기를 보는 듯했다. 꽃봉오리가 막 돋아나더니 하룻밤 사이에 만개하는 꽃의 축제, 무성하게 뻗어가는 나뭇잎들, 수런거리는 잡초들의 뒤엉킴 같은 것들로 정원은 생명의 열정이 절정에 달했다. 서서히 저물어 가는 자신의 인생과 대비되는 듯 아버지의 한숨과 그늘이 언뜻 지나갔다. 얼마 후 아버지는 다시 모자를 눌러쓰고 밖으로 나갔다. 난희는 쓸쓸하고 처연한 심경이 되었다.

동네를 한 바퀴 돌고 온 아버지가 알약을 입에 털어 넣고 물을 마시는 동안 난희는 부엌에서 저녁쌀을 씻어 압력솥에 미리 안쳤다. 한두 시간 전에 쌀을 불려놓았다가 밥을 하면 훨씬 부드럽고 윤기가 났다. 난희는 젖은 손을 마른행주에 닦다가 보이스톡이 울리는 소리를 듣고 스마트폰 화면을 터치했다. 딸의 음성이 다급하게 들려왔다.

"엄마……!"

"여보세요, 여보세요?"

전화는 끊어졌다. 난희는 애타는 마음으로 스마트폰을 귀에 바짝 대고 여보세요를 외쳤다. 카페 일은 불안한 가슴속 저 너머로 밀어 넣고 지금 이 순간은 딸이 무사히 귀국하기만을 기다릴 뿐이었다. 강남의 잘나가던 학원의 영어 강사에서 어느 날 뜬금없이 가죽공예 기술을 배우겠다고 피렌체로 날아간 딸이 처음에는 서운했지만 나중에는 은근한 지지자가 되었다. 돈만 날리는 것 아니니? 난희의 염려에 딸은 막힘없이 수업 과정에 대해 줄줄이 설명을 했다. 최소 10주에서 21주의 수업 기간에 이론보다는 실무와 실습 위주이며 월요일부터 금요일까지 주 5일 하루 일곱 시간씩 철저한 교육을 받은 후 국가인증 시험을 통과하면 세계적인 디자이너 양성소나 개인 공방을 운영할 수 있다며 밝은 표정을 짓던 딸의 모습이 어제인 듯 아른거렸다. 정월 초순에 수업이 시작된다며 숙소 문제로 딸은 작년 말에 출국을 했고 틈틈이 유쾌한 목소리로 잘 있다는 안부를 보내왔다. 교육비 외에도 항공비와 체류비, 식비는 자기가 알아서 한다며 차곡차곡 모아둔 예금으로 누구의 도움도 안 받고 가버린 딸이 대견해서 카페 일이 힘들 때도 위안이 되곤 했다. 문자와 보이스톡으로 가끔 연락을 하는 딸은 자신의 선택에 대해 성취감을 느끼는 듯했다. 게스트하우스에서 홍콩, 대만, 일본, 중국 등 아시아계 수강생들과 머물며 일본인 후미코와 친하게 지낸다는 말도 덧붙였다.

난희는 가늘게 한숨을 내쉬었다. 나이가 웬만큼 젊었다면 자신도 가죽공예를 배우러 훌쩍 떠나고 싶었다. 남편이 퇴직하면 이탈리아나 스페인에서 일 년만 살아봐야겠다고 막연한 꿈을 꾸기도 했다. 학보사 기자 시절을 회상하며 조그만 수필집을 내거나 여행 에세이를 한 권쯤 쓰고 싶은 바람을 품고 살았다. 그러나 늙어가는 아버지를 두고 떠날 수 없어 주저앉고부터는 사는 게 재미가 없었다. 남편은 아버지 집 근처로 가고 싶다는 난희의 희망을 가타부타 말없이 침묵으로 일관했다. 부양 의무는 오로지 난희 몫이 되어버렸다. 남편에게 무얼 기대하는 것인지, 신혼 초부터 치열하게 싸우며 헤어지지 않고 지금까지 버틴 게 용하다고 할 만큼 그와는 맞는 게 없었다. 그에게서는 얼마 전부터 소식이 없었다. 난희는 마치 카페를 위자료로 받은 이혼녀 같은 심경이 되어 울적한 심사를 다스리기 어려웠다. 그는 오래전부터 그런 삶을 계획한 게 아닌가 하는 의문이 들었다. 퇴직을 하면서 당신 삶을 찾아봐, 하던 그의 말에 난희는 그저 남들과는 다른 사고를 지닌 남자라고만 생각했지 해외로 떠돌 줄은 꿈에도 상상하지 못했다.

난희는 주머니에서 담배를 꺼내 불을 붙여 물었다. 마른 낙엽 향이 몸속으로 깊이 스미는 듯 안정감이 왔다.

"담배는 몸에 해로워."

모자를 눌러쓰고 지팡이를 짚은 아버지가 난희를 물끄러미 바라보았다.

"어디 가세요?"

"사람이 움직여야지 건강에 이로워."

"아까 운동하셨잖아요?"

"안 했어."

"네?"

난희는 순간 멍하니 아버지를 쳐다보았다. 난희는 딸의 일로 헛것을 보았는지도 모르겠다고 스스로 단정 짓고는 아버지의 뒷모습을 바라보았다. 아버지는 굼뜬 동작으로 천천히 지팡이를 짚으며 돌담 옆을 걸어갔다. 젊었을 적 아버지였으면 불호령이 떨어졌을 상황인데 이제 그는 자신의 몸 외에는 관심이 없는 듯했다. 난희가 딸과 통화를 하며 안타까워 집 안을 왔다 갔다 해도 퇴직 후 얼굴 한 번 보이지 않는 남편에 대해서도 말이 없었다. 난희의 고통, 외로움, 고달픔 따위는 온전히 그녀의 몫이었고 아버지는 자신의 안위만이 중요했다.

　—당신, 어디 있는 거야.

　난희는 남편에게 카톡 문자를 넣었다. 마지막 메시지는 작년 가을로 되어 있다.

　—이번 사업은 오래 걸릴 거야. 우리 팀은 밀림으로 들어가.

　난희는 밀림으로 들어간다는 그 메시지를 뚫어져라 쳐다보았다. 난희는 아주 오랫동안 혼자 살아온 것 같은 느낌이 들었다. 외롭고 막막했다.

　이탈리아로 떠나기 전 만난 딸이 몰래 담배를 피우다가 난희에게 들킨 일이 있었다. 나도 좀 줘봐, 난희가 딸의 손에서 불붙은 담배를 빼앗아 뻐끔거리며 피우다가 서로 마주 보고 웃은 일 이후 그녀는 가끔 담배를 피웠다. 낙엽 향내와 같은 담배 맛이 목구멍 깊숙이 휘저어 놓으면 정신이 맑아지는 느낌이 났다.

다음 날 난희는 서둘러 카페로 나갔다. 카페는 썰렁했다. 다탁과 바닥에는 얼룩이 져 있고 집기들이 아무렇게나 방치된 채 급박한 상황을 말해주고 있었다. 커피 머신을 청소하기 위해 스팀밸브를 열었다. 내부 청소는 자동으로 돌리고 외부 청소를 시작했다. 매일 가게가 끝나고 청소를 했지만 커피 찌꺼기가 조금씩 쌓여 경화가 진행되는 것은 어쩔 수 없었다. 준비해 둔 세정제 가루 한 스푼을 헤드에 넣었다. 충분히 녹인 다음 포터필터를 헤드에 결착시키고 자동 세척기 버튼을 눌렀다. 예닐곱 번 껐다 켰다를 반복했다. 백플러싱 작업으로 헤드와 파이프 안의 찌꺼기를 제거한 다음 다시 맑은 물이 추출될 때까지 씻어냈다. 헤드 청소 후에도 미심쩍어 약품이 남아 있지 않도록 서너 번 더 헹궜다. 머신을 설치해 주던 기술자가 청소를 매일 신경 써야 커피 맛이 좋다고 거듭 설명을 해서 영업 마감 후 피곤했지만 청소를 꼼꼼히 했다. 커피를 워낙 즐기던 터여서 우선 난희 입에 맞지 않으면 상품으로 내놓기가 꺼려져서 커피콩은 신선한 원두를 사용했다.

카페 청소가 끝나자 점심시간이 되었다. 아카시아꿀을 넣어 라떼를 한 잔 만들어 마시고는 창밖을 내다보았다. 앞 도로에는 개미 새끼 한 마리 찾기 어려웠다. 오랜만에 나왔는데 사람 그림자라고는 찾을 수 없었다. 오후 서너

시까지 손님이 없었다. 난희는 가방을 챙겨 들었다. 어제 아버지 집에서 햇반과 라면이 떨어진 것이 기억났다.

　마트는 한산했다. 라면을 맵지 않은 것으로 여섯 개짜리 두 봉지와 매운 맛 두 봉지를 골랐다. 아버지가 라면을 즐기는 게 다행이었다. 거실에는 사다놓은 라면이 하나도 남아 있지 않아서 안도의 숨을 몰아쉬면서도 구순 노인의 식성이 놀라워 난희는 다행인지 모를 심정이 되었다. 소금에 절인 고등어 두 손과 냉동 오리수육, 햇반, 냉동만두를 카트에 담으며 두 집 살림이 은근히 버겁게 난희를 옥죄어 왔다. 한편으로는 아버지를 독립된 가정으로 치부하는 자신이 너무 심했나 싶어 양심에 가책을 느끼기도 했다. 식비가 만만치 않게 들어감은 어쩔 수 없이 감내해야 하는 자신의 몫이라 생각하니 한숨이 나왔다. 쌈채소를 한 봉지 추가하며 장보기를 끝냈다.

　오리수육을 데워 쌈채소와 내어놓으니 아버지의 표정이 밝아졌다.

　"마늘 좀 다오."

　"마늘은 안 샀는데요."

　"고기에는 마늘을 곁들여야 제맛인데, 젊은 사람이…… 쯧쯧."

　아버지가 오리수육 한 점을 양념장에 찍어 상추와 치

커리, 깻잎에 싸서 입안 가득 넣는 것을 보며 난희는 일어섰다. 아버지의 얼굴이 일그러지며 고통스러운 표정을 지었다. 그러고는 비명을 내질렀다. 무슨 일이에요? 난희가 놀라 묻자 틀니가 맞지 않아 아프다고, 고기를 잘 씹지 못하겠다고, 나이 들면 빨리 죽어야 한다고 중얼거리면서도 입안의 쌈을 우물거렸다.

잇몸이 내려앉아서 틀니가 안 맞아 매번 툴툴대면서도 먹성은 왕성한 아버지 곁에서 난희는 입맛을 잃어갔다. 벌써 틀니를 세 번째 바꾸었는데도 맞지 않는다며 짜증을 냈다. 손님이 찾아오거나 식탁 앞에서 수저를 들다가 깜빡했는지 안방으로 들어가 틀니를 끼우고 나왔다. 욕실 청소를 할 때 투명 유리컵에 담긴 아버지의 인공 틀니를 보면서 뿌리를 내리는 게 아닌가 하는 의구심에 사로잡혔다. 딸에게서는 소식이 없었다.

마이너스 통장이 간당간당했다. 손님이 줄어들다가 봉쇄 사건을 겪으면서 해제가 되었는데도 사람들은 꺼름칙하게 생각했다. 언제 풀릴지 알 수 없는 나날에 난희는 불안해졌다. 의지하고 기댈 데가 없는 지금의 처지가 무서웠다. 주위에는 아무도 없었다. 동생들의 살림도 고만고만했다. 잘나가는 대기업 상무로 퇴직한 남편을 둔 그녀에게 예전부터 친정붙이들은 과도한 기대를 해왔다. 부모님 생신이나 집안 모임, 조카들의 입학과 졸업…… 그때마다 난희는 그들의 기대만큼은 아니더라도 적지 않은 비용을 들여 협조를 했다. 연봉이 높기는 했지만 쓸 데는 끝이 없었다. 돈이란 물건은 들어오는 족족 새는 구멍이 많았다. 퇴직할 무렵 철없는 언니는 서울 외곽이나 지방에 빌딩이나 땅이라도 사놓은 게 아닌가 탐색을 벌일 정도였다. 신입사원 때부터 야근에다 해외출장에다 쉴 틈 없이 달려온 그들 부부의 애환을 아무도 알려고 하지 않았다. 대기업 연봉이 높은 만큼 정신노동 또한 과도하다는 것을, 스트레스가 만만치 않다는 것을 그들이 알 수도 없거니와 그들 눈에는 오직 대기업이라는 간판과 높은 연봉만이 보이는 듯했다.

"갸가 소식 있냐."

"누구 말이에요."

"니 언니 말이다."

"잘 있겠죠."

"형편이 어려울 낀데."

난희는 순간 언니보다도 제가 더 어려워요, 라는 말이 튀어나오려는 것을 애써 참았다. 아버지에게 언니는 첫 열매이고 그만큼 애물단지였다. 바람피운 형부와 못 살겠다고 친정에 와서 울고불고하는 언니를 두고 아버지는 소주를 연거푸 들이켜며 화를 삭였는데 그때만 해도 어머니가 살아 있을 적 이야기였다. 이십 년이 지난 이야기였다. 이혼한 언니는 친정에 발을 끊다시피 했다. 어쩌다 바람처럼 휑하니 들이닥쳐서는 아버지에게 돈을 빌려다 썼는데 한 번도 갚지 않은 것 같았다.

난희가 온 후로 아버지는 당신의 돈으로 무얼 살 줄 몰랐다. 지나가는 소리로 커피가 다 떨어진 것 같은데, 그러고 중얼거리면 난희가 알아서 커피며 라면, 휴지를 사다 놓았다. 몇 년째 그렇게 살고 있었다. 아버지를 위해 반찬을 해다 나르고 생필품을 사서 쟁여놓고 해도 마음은 콩밭에 가 있었다. 딸의 행로가 염려되어 불안정한 채로 며칠을 보냈더니 명치끝이 아파오고 속이 더부룩했다.

난희는 해외 소식을 전하는 뉴스를 예사로이 넘기지 못하고 예의 주시하고 있었다. 이탈리아 상황과 맞물려 아프리카 상황까지 파악하느라 머리가 아팠다. 먼 아프리카 대륙에서 벌어지는 일조차도 마음 편히 시청을 못 하는 처지에 한숨이 저절로 나왔다. 자식은 애물단지라 했던가. 먹고사는 문제만으로도 버거운데 세계가 돌아가는 소식에 과도한 신경을 써야 한다니 돌아버릴 지경이었다.

숙자의 전화는 밝고 쾌활함이 묻어났다. 숙자가 사는 동네의 지인들과 이웃들의 이야기, 유학생들이 많은 동네라 더 조심스럽다는 이야기를 하며 유쾌한 수다가 이어졌다. 숙자가 갑자기 말소리를 낮추었다.

"느이 남편 캄보디아에 갔다고 하지 않았어? 아는지 모르겠네. 니 남편 대학 때 만나던 여자가 캄보디아 관광지에서 한식당을 하고 있다던데 혹시 들어봤어?"

난희는 숙자의 말에 잠시 현기증이 일어나며 어지러웠다. 그다음에는 무슨 말을 들었는지 아무런 기억이 없었다. 남편이 사랑하던 여자가 있었다는 말은 들은 적이 있었다. 그녀가 캄보디아에 있는지는 알 수 없지만. 난희에게 늘 따라다니던 정체불명의 불안과 어둠의 그림자, 막연히 느끼고 있던 알 수 없는 열패감, 불확실성 같은 감정들이 한꺼번에 몰아닥쳤다. 예전에도 전화가 오면 베란다에 나가서 통화를 하던 남편의 모습이 떠올랐다. 국제전화가 왔을 때 난희가 받자 그냥 끊어져 버렸던 일도 생각났다. 난희는 자신의 마음 안에서 일어나는 감정의 파동에 당황했다. 막연히 짐작 가는 데가 있었다. 남편이 캄보디아로 떠나고 얼마 후 난희는 그의 옷가지들과 고추장, 참치캔, 컵라면 등을 트렁크에 담아 그를 찾아간 적이 있었다. 남편은 난희를 한식당으로 데려가 불고기를 사줬고 음식 맛이 인사동이나 종로 청진동 골목의 식당과 비교해도 손색이 없을 만큼 토속적이라 놀랐던 적이 있었다. 식당 여주인이 나타나 인사를 하며 남편이 단골이라고, 자주 온다고 말해서 그러려니 했는데 돌아보면 이상하게도 그 여자가 걸렸었다. 우수에 잠긴 눈빛이며 나이를 분간하기 어려운 모습이며 한눈에도 대단한 미인임이 드러났는데 그녀를 바라보는 남편의 표정에 알 듯 모를 듯한 미소가 어려서 난희는 께름칙하면서도 물어보기가 뭣해서 그냥 지나쳤다.

난희는 담배를 한 개비 피워 물었다. 남편과의 사이에 뜨거운 피가 끓던 시기도 한 시절이었다. 남매를 키우고 시댁 사람들과의 관계, 친정아버지를 챙기며, 한때 설렘을 주었던 관계는 사라졌다. 그와의 관계도 의무와 책임과 도덕심으로 연결되어 무덤덤하게 지나갔다. 남편과 좋았던 시기는 그야말로 한여름 밤의 번갯불과 같이 지나가 버렸다. 짧은 열정이 지나간 후에는 서로를 챙기고 간섭하고 간여하느라 징그러운 세월이 되어버렸다.

부부로 한 생을 살면서 좋았던 시절보다는 미움과 고통의 시간이 더 많은 분량을 차지하지만 그래도 살아지는 게 인생이었다. 의지가 되었는지는 모르지만 그가 퇴직하면서 그나마 팽팽하게 당겨지듯 살던 시간들이 느슨해진 채로 동지 비슷한, 덤덤한 이웃처럼 돼버렸고 별 기대 같은 것도 안 했다. 난희는 이 순간 자신의 감정을 헤아리지 못해 괴로웠다. 이제는 그를 자유롭게 보내줄 때도 되지 않았을까. 왜 잠잠하던 마음에 반기가 일어나며 배신감을 느끼는지 모를 일이었다. 자식을 낳아 함께 키우고 독립시키면서 부부는 동지 비슷한 감정이 생겼고 이제는 자연인으로 살아도 되겠다고 속으로 다짐하지 않았던가. 어쩌면 남편이 퇴직하면서 자식과 부모와 아내와의 관계는 1막으로 사라지고 비로소 자신만의 2막이 시작되는 게 아니었나, 난희는 온갖 생각 속에 사로잡혀 머리가 아팠다.

캄보디아에 전염병이 상륙했다는 뉴스가 나온 후 난희는 집 안을 서성거렸다. 의료체계가 열악한 환경에서 무슨 일이 닥친다면 잘 빠져나올지 장담할 수 없었다. 숙자의 말이 머릿속에서 떠나지 않았다. 캄보디아에 확진자가 늘어나는 상황인데 돌아오라고 문자를 넣어야 하나 말아야 하나 망설여졌다. 어느 쪽도 속 시원한 결론이 나지 않았지만 그래도 그가 살아 있었으면 했다. 죽음은 완전한 단절이 아닌가. 상처를 주었더라도 고통스럽더라도 살아 있음으로써 치열하게 서로를 할퀴며 생에 대한 면역이 생기는 게 아닌가. 그렇게 살아가는 게 아닌가.

전화하느라 줄여놓았던 텔레비전의 볼륨을 다시 올렸다. 이탈리아, 스페인, 미국에 전염병이 급속도로 퍼지며 수만 명의 사람들이 죽어나간다는 소식은 막막한 생계에

앞서 세상에 종말이 오려는 게 아닌가 하는 의구심마저
들었다. 중남미나 아프리카 사정은 잘 알려지지 않아서
더 위험했다. 해외 뉴스를 안방에 앉아 이웃집 소식처럼
들을 수 있는 세상이었다. 차라리 모르고 지나가면 더 좋
을지도 몰랐다.

"엄마, 아프리카 한인회장님과 연락이 간신히 닿았어.
외교부 영사팀에서 연결해 줬는데 버스로 어디인가로 이
동하고 있어. 코이카 팀 몇 사람과 같이. 전화가 안 될지
도 몰라. 짐은 잠비아 수녀원에 그냥 두고 작은 가방과 여
권만 챙겼어……."

복잡한 심경으로 스트레스가 극에 달했을 때 딸에게
서 연락이 왔다. 딸의 동선이 확인되자 난희는 피로가 몰
려왔다. 외교부에서 개입했다면 어떡하든 길이 보일 터
였다. 소파에 기대어 커피를 마시다가 그대로 잠이 들었
다. 아버지의 저녁밥상을 차려드려야지 하면서도 그녀는
잠속으로 빨려 들어갔다. 깨어나니 한밤중이었다. 허기가
몰려왔다. 라면을 끓여 먹으며 비로소 주위를 휘 둘러보
았다. 달력이 2월에 멈춰 있었다. 난희는 달력 두 장을 넘
겼다. 장독간에 흰 눈이 쌓인 풍경과 노란 유채꽃 그림이
넘어갔다. 먹던 라면을 개수대에 붓고 난희는 다시 소파
에 누웠으나 잠이 오지 않았다. 커튼을 열고 창문 밖을 내

다보았다. 강 건너 마을과 들판 끝에 부옇게 안개가 떠 있고 가로등이 어둠을 밝히고 있었다.

오랜만에 늦잠을 자고 일어났다. 외출 준비를 하고 밖으로 나와 아버지 집을 내려다보았다. 아버지가 마당에 서 있는 게 보였다. 난희는 서둘러 참나물과 머위장아찌를 반찬통에 담아 들고 빠른 걸음으로 경사진 언덕을 따라 계곡물이 흐르는 좁은 길을 걸어 내려왔다.

"이 꽃을 또 볼 수 있으려나."

아버지는 화단 앞에 서서 명자꽃을 바라보며 중얼거렸다. 붉은 꽃잎이 바닥에 흩어져서 나뒹굴었다. 봄꽃이 필 때마다 중얼거리는 아버지의 넋두리에 난희는 화가 치밀었다. 봄꽃은 해마다 피어났고 올해도 변함없었다. 아버지의 일상은 거뜬했고 삶을 향유하는 태도 또한 넉넉했다. 손녀딸이 아프리카에서 공항을 찾아 버스로 이동하며 긴장된 순간을 보내거나 말거나 난희의 카페가 두 달여 장사가 안 돼 생활비에 구멍이 나거나 말거나 아버지의 인생은 하루하루가 고즈넉했다.

"인생이 즐거우세요? 아버지는 걱정거리가 없으시죠. 다른 사람들이야 죽건 말건 고통받건 말건 아버지 몸 하나 편하면 되는 거죠? 제가 죽은 후에라도 천년 만년 그렇게 사세요!"

난희는 목소리를 높여 퍼부어 댔다. 아버지의 얼굴이 일그러지며 난희를 빤히 바라보았다. 그 눈에 연민, 슬픔, 안쓰러움 같은 표정이 담겨 있었다. 난희는 분노에 가득 찬 눈빛으로 아버지를 쏘아보았다. 아버지가 먼 산등성이를 쳐다보며 혼잣소리로 구시렁거렸다.

"많은 일들이 지나갔어. 나 혼자 감당하기에는 벅찼지. 이제 기억도 안 나."

"……."

아버지가 힐끗 돌아보며 다시 뭐라고 중얼거렸다.

"일본 놈들이 독하긴 했어. 인민군보다 더했지. 탄광 근로자로 가면 밥은 굶지 않는다고, 여기서 굶어죽으나 탄광에서 일하다 죽으나 죽긴 매한가지지."

"……."

"중부고지에서도 살아남았는데…… 다 지나가는 거야. 전쟁이 끝나고 집에 돌아오는데 밭두렁에 무성한 잡초들이 바람에 흔들리는데, 그게, 왜 그리 슬픈지…… 7월의 뙤약볕 아래 그게 왜 그리 대단해 보이던지…….."

아버지의 시선이 멀리 산등성이 너머로 향하고 있었다. 아버지에 대해 아무것도 모르고 있었다는 사실이 당황스러웠다. 어머니에게서 아버지가 일본에서 일했다 정도로 들었지 자세한 내막은 알지 못했다. 아버지 스스로 자신의 이야기를 한 적이 없었고 누구나 다 어렵게 한 시절을 넘겼거니라고 생각했다. 난희는 아버지를 쳐다보았으나 그는 여전히 먼 하늘을 바라보고 있었다. 그 눈에 얼핏 물기가 어린 것도 같았다. 아버지가 화단의 풀을 뽑지 않는 이유도 그래서였을까. 동네 한 바퀴를 돌지만 말고 화단에 풀이라도 뽑았으면 하고 바랐지만 아버지의 뜰에는 항상 잡초가 살아 있었던 이유를 알 것도 같았다.

"바람이 차다."

아버지는 굼뜬 동작으로 천천히 발을 떼어놓으며 집 안으로 들어갔다. 텔레비전 소리가 열어놓은 창문을 통해 웅웅거리며 들려왔다. WHO 수장이 팬데믹을 선언하고 각국이 살겠다고 발버둥치고 있는 현실이 가상의 세계처럼 비현실적이었다. 봄볕이 화사하게 명자꽃이며 마당에 쏟아졌다.

뿌연 황사 바람이 빨랫줄에 널어놓은 옷가지들을 뒤집으며 세차게 불어왔다. 여기저기서 사람들이 죽어나가는데 봄꽃은 또 화사하게 피어났다. 복숭아꽃이 진 자리에 붉은 모란이 피고 모란 옆에 철쭉이 앞다투어 피어났다. 윤기를 더해가는 봄풀의 생명력이 질긴 아버지의 목숨처럼 그림자를 남기며 짙어져 가고 있었다. 징그럽게 돋아나던 잡초에 지쳐서 포기를 하고 살던 지난 시간들을 돌아보았다. 비행기를 타게 되었다는 딸애의 마지막 문자처럼 태풍이 비바람을 몰고 와도 아버지는 살아남을 것이다. 마당의 잡초는 더욱 질긴 기세로 땅속 깊이 뿌리를 박을 것이다. 난희는 후들거리는 다리에 힘을 주며 천천히 집을 향해 발걸음을 내디뎠다.

벚꽃 지기 전에

엄 현 주

엄현주

단편소설로 〈평사리 문학대상〉, 장편동화로 〈법계문학상〉 수상. 한국문화예술
위원회 창작지원금 수혜. 창작집 《투망》《불꽃선인장》이 있다.

투명한 플라스틱 재질의 응원봉을 조심스레 흔들어 본다. 그러자 그 속을 채우고 있던 잘디잔 분홍색 천 조각들이 마치 꽃잎처럼 흩날린다. 부드럽고 얇은 천 조각들이 꽃잎 이미지를 제대로 살려주고 있다. 처음 기획했던 대로 벚꽃이 화르르 날리는 이미지가 잘 표현될 것 같아 윤조는 마음이 놓였다. 그 모습을 지켜보던 팬 마케팅 담당자 세경이 조심스럽게 물었다.

"팀장님, 그런대로 괜찮은 것 같죠?"

윤조는 고개를 끄덕였지만 봉의 끝부분이 아무래도 눈에 거슬려 결국 한마디 했다.

"근데 이 부분을 하트 모양으로 바꾸는 게 어때? 뭉툭

한 게, 둔해 보이네. 그리고 응원봉 전체를 꼭 야광 처리해달라고 해. 이번에 제작사를 잘 바꾼 것 같지?"

"그러게요. 일단 날짜를 제대로 지키고, 오더 내리는 대로 군말 없이 잘 따라주더라고요. 목도리와 모자는 다음 주쯤에 샘플이 나올 거래요. 그럼 일단 응원용 세트는 다 마무리되는 거죠."

한 달 후쯤 아이돌 그룹, '굿 보이즈' 데뷔 공연이 있다. 그걸 위해 지난 삼 년 동안 위너 엔터테인먼트 직원들은 열심히 달려왔다. 굿 보이즈는 스무 살 전후의 남자애 일곱 명으로 이루어진 그룹인데 멤버들은 연습생 생활을 하면서 끊임없이 번갈아 가며 사건 사고를 일으켰고, 매번 그걸 수습해야 하는 회사 직원들은 힘들어했다. 하지만 회사의 사활이 걸려 있기 때문에 다들 어쩔 수 없이 묵묵히 견뎌냈다. 드디어 데뷔가 코앞으로 다가왔다. 모두들 남은 힘을 마저 짜내는 중이었다. 특히 윤조를 비롯한 마케팅 부서 직원 여섯 명은 새해 들어 야근하지 않은 날이 하루도 없을 정도였다. 공연의 성공 여부가 오로지 마케팅 부서에 달려 있다는 듯이 대표가 회사 분위기를 몰고 간 탓이었다. 마케팅 부서 총괄 팀장인 윤조는 자신의 어깨 위에 마치 커다란 바윗덩어리 하나가 올라타고 있는 기분이었다. 그런 그녀의 어깨를 흔들듯, 진동 모드에 맞

추어 둔 휴대폰이 화면에 '홍 여사'를 띄우고서 몸을 떨었
다. 그녀의 엄마는 삼십 년 넘게 근무하던 학교를 작년에
명퇴하고부터 걸핏하면 전화를 해댄다. 아침에 출근해서
부터 벌써 세 번째 걸려온 전화다. 계속 모른 체하기 힘들
어 윤조는 통화 버튼을 눌렀다.

"니는 걱정도 안 되나. 우째 집에 전화 한 통도 못 하
노? 전화를 하몬 제때 받기라도 하등가."

다짜고짜 시비조로 시작되는 엄마의 통화에 윤조는 얼
떨떨해져 물었다.

"뭔 일이래? 엄만……, 바빠 죽겠는데."

"야가, 참. 다른 세상에 있다가 왔는가베. 니는 테레비
도 안 보고, 인터넷도 안 하나? 대구가 이 야단인데…….
몇 년씩 연락 없던 사람들도 다 안부 전화를 해오는 판에
딸이라는 기, 우째 그리 무심하노 말이다. 지금 여어는 야
단이다. 너거 할무이가 병원에 계시니 더 걱정이다. 대구
가 마아 코로나 천지가……."

그제야 윤조의 머릿속을 코로나가 한 방 치며 들어왔
다. 아, 맞다. 코로나! 마스크를 하고 다니면서도 그만 깜
빡 잊고 있었네.

"아, 내가 정신없이 바빠서……. 할머니는 어떡하셔?
병원이 더 위험할 텐데. 엄마도 병원 오가려면 정말 조심

해야겠네. 마스크는 구했어?"

"하이고, 옆구리 찔러 절 받기네. 여어는 너거 아부지하고 내가 단단히 하고 있으이 니나 잘하고 다니라꼬. 마스크 꼭 쓰고, 손 잘 씻고. 알았제?"

그새 엄마는 기분이 조금 나아진 목소리로 전화를 끊었다. 숨을 크게 한 번 내쉬고서 윤조는 하던 작업을 마무리하기 위해 또다시 컴퓨터 화면을 들여다보았다. 하지만 화면 위로 할머니 얼굴이 자꾸만 어른거려 집중할 수 없었다.

올해 아흔인 할머니는 중풍과 신부전증으로 이 년 넘게 요양 병원에 입원 중이다. 하지만 윤조는 한 번도 문병을 간 적이 없었다. 일 년에 한두 번 대구로 내려가기도 힘들었고 내려가서는 병원에 들를 엄두를 못 내고 늘 급하게 상경해야만 했다. 서둘러 떠나려는 그녀의 등 뒤에 대고 엄마는 소리치곤 했다.

"니 그라는 거, 아이다. 일부러 문병하러 내려오지는 못할망정……. 니가 누구 덕에 이마이 컸노 말이다. 참말로 남사시럽다."

"넘 바빠. 지금 바로 올라가도 업체 미팅 시간에 빠듯해. 미안, 미안. 이담에 꼭……. 약속해."

하루 종일 할머니의 치맛자락을 놓지 않으려고 안달 부

리던 시절의 기억들을 저만치 밀쳐두고서 윤조는 달려와야만 했다. 그렇게 앞만 보며 숨 가쁘게 달려온 덕분에 많은 성과를 이루었건만……. 아직 회사에서 받는 처우가 그다지 만족스럽지 못해 이제 억울한 기분까지 들려고 했다. 그녀는 손에 쥐고 있던 마우스를 놓아버리고 자기도 모르게 그만 한숨을 내쉬고 말았다.

"한숨 그만 쉬고 이거나 한 잔 마셔. 아무래도 공연이 미루어질 것 같아."

공연팀장 은지가 일회용 컵을 내밀며 말했다. 모락모락 김을 피우며 구수한 커피 향이 진하게 코끝에 와닿았지만 윤조는 컵을 받을 생각도 미처 못 하고 물었다.

"왜? 뭣 땜에?"

"지금 다들 코로나 때문에 난리도 아닌데 누가 오겠어? 사회적 격리를 하라잖아. 어젯밤에 윤 이사가 카톡 했어. 다른 데서 다들 공연 취소한대. 우리도 오늘 임원회의에서 최종 결정하겠지만 아무래도 연기해야 할 것 같다고. 그러나저러나 앞으로 큰일이야. 공연 안 하면 회사 수익이 팍 줄 텐데, 한바탕 해고 바람이 불어닥치는 거 아냐?"

갑자기 해고 바람을 맞기나 한 것처럼 은지의 눈동자가 불안스레 흔들렸다. 그 모습을 보고서야 윤조도 사태의 심각성을 깨달았다. 공연, 회사 수익, 해고…… 이런 것들과 코로나가 상관관계가 있으리라는 걸 미처 그녀는 생각해보지 못했었다.

"얼마나 연기될까? 애들 야단도 아닐걸. 요즘 밤낮없이 공연 연습하느라 힘들어하는데, 다들 엄청 실망하겠네."

"코로나 사태가 일단 끝나야 되겠지. 근데 그걸 누가 알겠냐? 포스터 제작이랑 영상 촬영에 다 들어갔어. 큰일이야."

윤조의 머릿속도 취소하거나 연기해야 할 것들을 챙겨보느라 복잡해지기 시작했다. 3월 말쯤을 겨냥해 만들어놓은 벚꽃 콘셉트를 그대로 다 날리는 건 아닐까? 그렇다면 몇 개월 동안 벚꽃 콘셉트만을 위해 애써온 일들이 전부 물거품이 되어버릴 텐데…… 그녀는 자기도 모르게 머리를 내저었다.

밤늦게 카카오톡 메신저로 회사 측에서부터 재택근무 지시를 받고서 윤조는 잠시 어리둥절했다. 십 년 가까이 직장생활을 해왔지만 그녀는 단 한 번도 경험해 본 적이 없었던 터라 어떻게 해야 하는 건지 얼른 감이 잡히지 않았다. 어쨌든 출근하지 않고 집에서 업무를 처리해도 된다니 자유롭고 편하긴 할 것이다. 학창 시절에 가끔씩 주어졌던 자습 시간을 맞이한 기분이 들었다. 그녀는 컴퓨터 책상과 침대 사이를 오가며 카카오톡으로 팀원들과 수다를 떨어가며 일을 처리했다.

— ㅋㅋ, 이런 날도 다 오네요.~~

— 코로나 바이러스가 밉지만은 않네. 재택, 언제까지 가능할까?

— 근데 밖을 나가는 게 아주 위험한가 봐요. 급 심각 수준이라 걱정돼요. ㅠㅠ

이런 문자들이 오가다 며칠 지나고서부터 다들 지겹다는 글들이 서서히 올라왔다. 게다가 업무 특성상 비대면 형식으로 불가능한 일들이 늘어나면서 아예 손을 놓고 있을 때가 점점 많아졌다. 집 안에서 특별히 하는 일 없이 지내는 날이 며칠 계속되자 그녀는 마치 무인도에 혼자 고립되어 있는 기분이 들었다. 외부 세계와의 연결이 컴퓨터나 휴대폰으로만 가능하니 답답해서 견딜 수 없었다. 결국 그녀는 집 밖으로 뛰쳐나가고 말았다.

마스크로 코와 입을 막았지만 윤조는 어김없이 찾아온 봄 냄새를 감지할 수 있었다. 그새 봄이 왔네. 이제 3월이구나. 나지막하게 속삭이는 그녀에게 응답하듯 화사한 봄 기운이 목덜미와 볼을 부드럽게 어루만져 주었다. 그녀는 환한 햇살 아래서 노랗게 피어난 개나리와 금방이라도 터질 듯한 목련 꽃송이를 부신 눈으로 바라보며 걸었다. 그러다 목련나무 옆에서 바람에 잔잔히 흔들리는 벚나무의 분홍 꽃망울을 발견하고 그만 발걸음을 멈추고 말았다. 울먹거리는 목소리가 금방이라도 꽃망울에서 울려날 듯했다. 지난밤 늦게 굿 보이즈 리더인 제훈이 불쑥 전화를 걸어와 쏟아내듯이 말했다.

"팀장님, 알바 자리를 찾고 있는데 눈을 닦고 봐도 없어요. 고깃집 서빙 알바가 가수보다 더 어려운가 봐요. 이번 봄에 연습생 생활 끝내고 나면 제 인생이 벚꽃처럼 확 피어날 줄 알았는데……. 열라 구려요, 씨이. 팀장님이 괜히 벚꽃 콘셉을 잡아서……."

울음소리에 섞여 뒷말을 알아들을 수 없자 윤조는 나긋나긋한 말투로 달래듯 말했다.

"우리, 좀만 더 사태를 지켜보자. 빨리 마무리되면 늦어도 벚꽃이 지기 전에 공연할 수 있지 않을까? 정 안 되면 다른 콘셉트로 바꾸면 되지, 뭐. 그러니 혼자서라도 열심히 연습해 둬, 응?"

"언제까지요? 그걸 모르니 더 답답해서 미치겠다니까요. 확진자는 자꾸만 늘고 있고 돈은 다 떨어지고……. 코로나가 사람을 잡아요, 잡아."

그는 정말 코로나에 잡힌 사람처럼 절박한 목소리를 내고서는 전화를 뚝 끊어버렸다. 그녀도 답답함과 공포,

우울감이 한꺼번에 몰려와 숨이 제대로 쉬어지지 않았다. 하지만 그 순간만은 세상 어느 누구보다도 제훈을 위해서 벚꽃이 지기 전에 코로나 사태가 끝나길 진심으로 바랐다.

얼마 전부터 윤조는 아침에 눈뜨자마자 습관적으로 코로나 확진자 수를 확인하곤 했다. 티브이 뉴스가 세계 각국의 상황을 실시간으로 보도했다. 확진자는 여전히 세 자릿수로 늘어만 갔다. 한국뿐 아니라 지구촌 여기저기서도 아우성인 모양이었다. 온 세계가 코로나바이러스로 병들어 가고 있었다.

"국경을 폐쇄하는 나라가 점점 늘어가고 있습니다. 어제 이탈리아에서 확진자가 하루 만에 육백 명 이상 늘어 이제 누진 확진자 수가 만 명을 넘어…… 스페인에서도 갑자기 늘어나는…… 미국도 뉴욕에서부터 시작되어…… 늘어나는 사망자로 미처 관을 구할 수 없어…… 거리 여기저기에 사체들이……."

"아휴, 끔찍해."

윤조는 더 이상 처참한 광경을 볼 수 없어 티브이 전원을 꺼버렸다. 그러자 삼 년 전에 다녀온 유럽 여행의 기억을 일깨우면서 베네치아와 피렌체, 마드리드의 거리들이 눈앞에 아른거렸다. 낯선 아름다움이 주는 감동으로 거리

곳곳에서 얼마나 수많이 발걸음을 멈추었던가. 그럴 때마다 떠나온 한국이 아득히 멀게 느껴지면서 완전히 다른 세상이라는 걸 새삼 깨닫곤 했었다. 하지만 이제 코로나바이러스가 거리 따위는 아무런 문제가 되지 않는 듯, 온 세상 사람들을 재빠르게 연결해 놓고서 뒤흔들고 있다. 순식간에 세계 여러 나라가 하나같이 바이러스에 지배당해 코로나 식민지가 되어버린 형국이었다. 그야말로 놀라운 일이 아닐 수 없다. 상상도 못 해본 상황에 그녀는 혀를 차고서 혼잣말을 했다.

"쯧쯧, 거참. 이제야 세계가 하나인 걸 알게 됐네, 코로나바이러스 덕분에. 대단한 위력이야. 알았으니 이쯤에서 그만 물러가라고, 바이러스!"

그녀는 여행길에서 만난 사람들의 안부가 새삼 궁금해지면서 걱정되기 시작했다. 이탈리아로 유학 와서 성악 공부를 하며 틈틈이 여행 가이드를 한다는 미스터 최, 피렌체 성당 근처서 민박집을 운영하던 미하엘 부부, 바르셀로나 그라시아 거리의 핀쵸 전문집 주인장 뚱보 할머니, 밀라노 첸트랄레역에서 우연히 만나 친하게 된 카를라……. 여행에서 돌아와서는 그동안 까마득히 잊고 지내던 사람들이다. 다들 무사할까? 그들 중 내 안부를 궁금해하는 사람이 있을까? 숨 가쁘게 달려온 일상을 멈추고

서 이렇게 모처럼 뒤를 돌아볼 수 있는 시간의 여유를 준 것도 바로 코로나바이러스? 흥, 정말 갖가지 일을 다 하는군. 머릿속으로 이런 것들을 떠올려 보다가 그녀는 피식 웃었다. 하지만 조만간에 재택근무가 끝날지도 모른다는 생각이 들자 그녀는 느긋한 시간이 미리감치 아쉬워지려고 했다. 얼마 남지 않았을, 시간의 여유를 즐기기 위해 영화를 보려고 넷플릭스 사이트에 접속하려는 순간이었다. 휴대폰이 자지러지게 울어댔다. 엄마는 멀리서도 용하게 여유로운 시간을 즐기는 나를 지켜보는 모양이라고 중얼거리며 그녀는 통화 버튼을 눌렀다.

"아직꺼지는 안 바뿌제? 니가 집에 있으께나 코로나 걱정은 쪼매이 덜 되기는 하다마는, 세월이 이래 자꾸만 가버리께나 참말로 걱정이다."

"엄만 갑자기 웬 세월 타령이야?"

영화 보려는 걸 방해당한 탓에 그녀는 약간 퉁명스레 대꾸했다. 그런 건 개의치 않는다는 듯, 엄마는 코웃음을 쳤다.

"하이고 참, 니는 우째 그리 태평이고? 니 나이가 몇이고? 서른하고도 다섯이다. 마흔 밑자리를 반이나 깔아놓고 니는 괜찮나? 나는 잠이 안 온다. 이놈의 코로나 때문에 맞선이고 소개팅이고 일체 없으이 우째 속이 안 타겠노. 와 연애도 못 하노? 참말로 답답해 죽겠다."

"또 시작이네. 연애할 틈이 어디 있었어? 회사 일 땜에 맨날 정신이 없는데…… 어쨌든 내 속은 아무렇지도 않으니 걱정 마시라고. 할머니는 좀 어떠셔? 대구는 여전히 확진자 수가 많던데 어떻게 해? 엄마 아빠도 정말 조심해야 돼."

"우리도 조심하고 있다. 너거 아부지가 걸핏하몬 소독제를 집 안 여기저기 뿌리댄다. 아무래도 할무이는 인자 얼마 못 갈 것 같으시네. 며칠 전부터는 헛끼 보이시는지, 새까만 코로나 택시를 타고 어데로 자꾸만 가는 것 같단다. 길 양쪽에 벚꽃이 한창이더라 카믄서 저승길이 꽃길이더라, 벚꽃 지기 전에 가야제, 내내 그라신다."

할머니를 영영 못 보게 될지도 모른다는 조바심과 죄책감이 그제야 윤조의 목을 바싹 죄어왔다.

"나, 내일이라도 할머니 뵈러 내려갈까?"

"야가 뭐라카노. 인자 와서…… 함부래 내리올 생각하지 마라. 돌아가셨다 캐도 코로나가 물러가기 전에는 안 된다. 알았제? 상을 당하게 되몬 여어서 우리끼리 치러야제. 우짜겠노? 할 수 없제. 이런 시국에는 사람들 불러 모으는 거 아이다. 너거 할무이도 하필이몬 이런 때…… 그라고 보이 예전에 코로나 택시가 마이 타고 싶으셨는갑

다. 한때 코로나가 최고급 차였거등. 하이튼 이 고빌 쪼매
이 넘기고 난 뒤에 가시도 가셔야제. 니도 조심하고, 끼니
잘 챙기래이."

걱정과 당부로 마무리를 하고 엄마는 전화를 끊었다.
윤조는 할머니가 타고 싶어 한다는 코로나 택시가 궁금해
져 인터넷으로 검색해 보았다. 약간 투박하고 몸체가 큰
승용차 이미지들이 몇 개 화면에 떴다. 그것들을 들여다
보는 순간 쾌안타, 하는 할머니의 목소리가 시간의 강을
훌쩍 건너 그녀의 귓가에 와닿았다.

반짝반짝 광이 나는 흰색 승용차가 뒤꽁무니를 보이다
가 순간 눈앞에서 사라져 버린다. 아앙, 아이는 울음을 쏟
아내기 시작한다. 매일 아침, 엄마 아빠의 출근길에 따라
나서서 눈물바람을 하는 아이를 달래느라 할머니는 진땀
을 뺀다. 그런 아이의 손을 잡고 할머니는 아파트 단지를
걸어 다니며 노래를 불러주기도 하고, 옛날이야기를 들려
주기도 하고, 화단에 핀 꽃들을 보여주기도 한다. 한참 그
러다 보면 어느 순간부터 신기하게도 아이는 울음을 그치
고 기분이 좋아진다. 방실방실 웃는 얼굴로 아이는 할머
니에게 새끼손가락을 내밀며 지키지도 못할 약속들을 하
나씩 하기 시작한다.

"할머니, 내가 크면 예쁜 옷 해줄게."

"나중에 아주 크고 으리으리한 집을 사줄 거야."

"우리 아빠 차보다 훨씬 더 좋은 차를 내가 꼭 운전해서 할머니 태워줄게. 꼭이야. 자, 약속해. 손가락 걸어."

옷도, 집도, 차도, 다 필요 없다는 듯이 할머니는 고개를 저으며 말하곤 했다.

"마아 괜안타. 이 할매는 그런 거 다 필요없대이. 우리 윤조가 무탈하게만 커주몬 된 기라. 그런 기 내한테 뭔 소용이 있겠노?"

기분을 내어 모처럼 선심성 약속을 하려 들던 아이는 그만 김이 팍 새어버린다.

"피이, 할머니는 바보야."

"내사마 바보라도 괜안타. 우리 윤조가 안 우께나 좋기만 하다."

얼굴에 웃음을 가득 띠고 바라보는 할머니를 향해 아이는 또 한 방 날리며 신이 난다.

"진짜 바보라니까. 깔깔……."

"그래, 맞다. 이 할매가 바보다. 껄껄……."

깔깔, 껄껄…… 그들의 웃음소리가 하늘 저 멀리 퍼져나가자 유유히 떠가던 흰 구름이 잠시 멈춘다.

괜안타, 라는 할머니의 말을 어려운 시기마다 얼마나 많이 떠올렸던가? 그럴 때면 정말 괜찮아지는 기분이 들어 마음이 놓이곤 했었다. 이제 그 말조차 잊고 있었다니, 할머니의 손을 뿌리치고 혼자 마구 달려온 느낌이 들었다. 그녀는 오랜만에 할머니를 부르며 소곤거렸다.

"우리 할머니, 코로나 차가 많이 타고 싶었구나. 제가 대구 내려가면 이런 코로나보다 훨씬 더 멋진 차를 태워 드릴게요. 그러니까 그때까지 꼭 기다려 주셔야 해요. 문병 한 번 안 간 나쁜 손녀딸로 만들어 놓으시면 안 돼요. 아무리 바빠도 그러면 안 되는데…… 제가 나빴어요. 바보는 윤조야. 할머니가 아니라……. 잘못했어요."

눈앞이 흐려지면서 목이 잠겨왔다. 괜않다, 마아 괜않다. 윤조는 고개를 내저었다. 괜찮은 게 아니라고……

회사로 나오라는 메시지를 뒤늦게 확인하고서 윤조는 서둘러 출근했다. 코로나 사태가 아직도 여전히 계속되고 있는데 출근이라니, 불평들을 해대면서도 직원들은 모두 나왔다. 오랜만에 만난 그들은 모닝커피를 마시면서 수다를 떨기 시작했다.

"이 빌딩 지하에 있는 스시 집 주인이 며칠 전에 확진 판단을 받았다는데 어쩌려고 출근하래? 걸리면 책임질 건가? 우리 중 하나만 걸려도 끝이라고."

"그저게 이 빌딩을 통째로 방역했대. 그랬다고 안심할

수 있을까? 하기야 원룸에서 몇 날 며칠 혼자 처박혀 있
는 것도 할 짓은 아니더라. 나중엔 배달 음식도 너무 지겨
워져 내 손으로 해 먹기 시작했는데 내가 요리 솜씨를 타
고났더라고, 글쎄. 이번 기회에 진로를 바꿔볼까 진지하
게 고민 중이야."

"아서라, 아서. 겨우 라면이나 짜파게티 끓이는 수준으
로 요리 솜씨라니, 크크. 어림없어. 그래도 인스타그램에
열심히 올려놓더라만. 그거 보고 한참 웃는 재미로 좀 덜
심심했지롱."

다들 킥킥대고 웃다가 각자 업무를 보기 위해 자기 자
리를 찾아갔다. 공연이 미루어진 대신 서둘러 앨범 제작
을 해야겠다는 회사 방침 때문에 다들 또다시 바빠지기
시작했다. 데뷔한 지 십 년 가까이 되었지만 별로 주목을
받지 못하는 혼성 듀엣 '썬 앤 문'의 디지털 싱글 앨범을
내겠다는 것이다. 아무래도 회사 측에서는 제작비가 부담
되어 한 곡만 싣는 앨범을 내기로 한 것 같았다. 하지만
마케팅을 하는 윤조의 입장에서는 앨범에 수록하는 곡이
하나든 열이든 해야 할 일의 분량은 거의 비슷했다. '썬
앤 문'이 예전에 직접 작곡 작사 해 둔 곡이 있어서 제작
기간을 짧게 잡아놓았다. 그러니 마케팅 업무가 급하게
돌아가야 했다. 윤조는 '퍼플 러브'라는 노래 제목에 어울

리는 티저 콘텐츠 기획부터 구상하느라 고심하고 있는데 옆자리에서 세경이 고개를 절레절레 흔들며 말했다.

"퍼플 러브, 보랏빛 사랑. 제목부터 너무 별로지 않아요? 애들 팬층 대부분이 삼십대 후반, 사십대 초인데 먹혀 들어갈까요? 유치하다고나 하지 않으면 다행이지. 몇 번 노래를 들어봐도 특별히 딱 와닿는 게 없더라고요. 곡조가 한없이 늘어져서 지루하고 답답한 느낌만 들어요."

"신비함을 콘셉트로 잡아서 지나간 사랑의 아련함과 추억을 그리워하는 분위기로 몰고 가면 그리 나쁘지만은 않을 것 같은데, 안 그래? 물론 그렇게만 하면 너무 밋밋하니까 독특한 것 한둘쯤 넣어서 말이야."

윤조의 말에 세경이 배시시 웃었다.

"왜 웃어? 마케팅의 가장 기본은 호기심과 신비함이야. 그걸 잘 포장해서 소비자에게 파는 거라고. 네가 하는 팬 마케팅도 마찬가지지."

"그걸 몰라서가 아니라……. 지나간 사랑, 추억, 뭐 이러시니까 갑자기 팀장님 나이가 훅 느껴져서요. 평소에는 별로 못 느끼고 있었걸랑요."

"뭐라고? 내 나이가 뭐 어때서?"

윤조는 순간 얼굴이 굳어지면서 많은 생각들이 오갔다. 지나간 사랑이니 추억이니 들먹여 봤자 이 나이에 떠오르는 사람 하나 없으니 내가 생각해도 한심하긴 하네. 그런데 설마 감각이 둔해졌단 말은 아니겠지? 그렇다면 이 업계에서는 끝이라고. 신선하면서 톡톡 튀는 감각 덕분에 그동안 꽤 많은 성과를 내왔지 않았던가. 하기야 퍼플에 무조건 신비한 이미지부터 덧씌우고 보는 것은 식상하고 낡은 접근 방식이긴 해.

"팀장님도 참, 그냥 한번 해본 소리예요. 팬 서비스 기획안이랑 엠디 기획안 짜서 올릴게요. 유튜브 동영상 촬영 장소도 섭외해야지요?"

"그래야지. 근데 코로나 때문에 제한되는 곳이 많을 거야. 매니저 팀이랑 상의를 해봐. 앨범 재킷 사진도 같이 찍어두고. 그리고 굿 보이즈 팬들 에스엔에스 관리도 잊지 말고 지속적으로 잘해둬. 데뷔도 하기 전에 팬들이 다 빠져나가면 큰일이잖아. 멤버들 마스크 쓴 사진이나 손 씻는 모습도 몇 장 올려놓아. 코로나 시대를 함께 공유하고 있다는 느낌이 들도록 말이야."

"네, 알았어요. 어제부터 보이즈 애들이 숙소에 다시 모였다던데요. 그래도 괜찮을지 모르겠어요. 판시 엔터 촬영기사가 며칠 전에 코로나 양성 판정 받았대요. 거기 소속사 애들 다 검사받고 난리도 아니래요. 우리 애들이랑 관련되는 애들이 있을지도 몰라요. 그렇다면 정말 문젠

데…… . 하여튼 이놈의 코로나가 물러가야 제대로 돌아갈 텐데, 큰일이에요."

그러게 말이야, 윤조는 고개를 끄덕이고서 티저 콘텐츠 기획안의 아이디어를 또다시 생각하느라 고심하기 시작했다. 어떻게 해야 대중들의 호기심을 자극해서 앨범을 사고 싶은 욕구를 불러일으킬 수 있을까? 좀처럼 묘안이 떠오르지 않아 인터넷 검색만 하다가 그녀는 몇 시간을 훌쩍 보내고 말았다.

윤조가 '퍼플 러브'의 프로모션을 짜느라 몇 날 며칠 씨름하는 동안 거리에는 벚꽃이 활짝 피어나 있었고, 바이러스도 만발한 꽃들에 질세라 더욱 번져나 온 세상을 코로나 천지로 만들어 놓았다. 그녀는 밤늦은 퇴근길에 어둠 속에서 환하게 피어난 벚꽃들을 보면서 아름다움보다 낭패감을 먼저 맛보았다.

"이젠 틀렸어. 벚꽃 콘셉트는 물 건너간 거야."

혹시나, 하는 마음으로 희망의 끈을 놓지 않으려 했는데 코로나바이러스라는 놈이 줄어들기는커녕 점점 기승을 부리니…… . 3월 말에 예정된 공연을 조금 미루어 4월 중순에라도 할 수 있기를 간절히 바랐건만 이젠 완전히 불가능해졌다는 생각이 들어 맥이 풀렸다. 그러자 벚꽃처럼 자신의 인생이 환하게 피어나길 바란다던 제훈의 말이 문득 떠올랐다. 알바 자리를 구했을까, 언제 할지 모를 공연을 위해 이제 다시 제대로 연습하고 있을까? 이런 생각들을 하며 윤조는 하늘을 우러러보았다.

오랜만에 깨끗해진 밤하늘에 별들이 반짝거리며 빛나고 있었다. 철없는 시절의 한때, 저런 별들이 되고 싶어 했던 기억이 떠올라 픽 웃음이 났다. 얼른 꿈을 접긴 했지만 그 언저리를 완전히 벗어나지 못하고 다른 사람들을 별로 만들어 보겠다고 아직도 애쓰는 자신이 딱하게 여겨졌다. 그것 역시 쉽지 않다는 것을 해가 갈수록 깨달아 가고 있는 중이었다. 앨범 판매량이 저조하거나 공연 결과가 실패일 때마다 그녀는 모든 것이 마치 자신의 잘못으로 여겨져 마음이 불편했다. 하지만 그것보다 더 큰 고역은 깊은 좌절의 늪에서 헤매는 아티스트를 봐야 하는 것이었다. 청춘의 한 시절을 오롯이 바쳤다고 해서 다 스타가 될 수 있는 건 아니건만……. 그녀는 오래 할 일이 못 된다는 걸 요즘 들어 자주 느끼곤 한다.

"스타는 아무나 되는 게 아니지. 밤하늘에 저 별이 되는 것만큼 힘든 일이라고. 하지만 스타를 만들어 내는 일은 스타가 되는 것보다 몇 배나 더 힘들어. 하지만 그걸 알아주는 사람들이 별로 없으니……. 이제 보람도 못 느끼겠고 지치기만 하네."

밤하늘을 올려보고 중얼거리다가 윤조는 카카오톡 메시지가 계속 들어오는 소리를 들었다. 대체 뭔 일인데 이렇게 요란하게들 떠들어 댈까, 싶어 휴대폰을 가방에서 꺼내 들었다.

—제훈이 코로나 양성이래. 굿 보이즈 애들 다 내일 검사받는대.

—정말? 큰일이네. 어떡하면 좋아. ㅜㅜㅜ

—매니저들도 지금 야단 아니야. 회사가 발칵 뒤집혔어.

—우린 괜찮을까? 우리도 다 검사받아야지. 불안해서 견딜 수가 없네.

—선별 진료소로 우리 내일 다 가보자. 재택근무를 더 했어야 하는 거라고. ㅜㅜㅜ

윤조는 다리가 후들거려 버스 정류장 벤치에 앉았다. 세상이 코로나 천지가 되었다고 야단이어도 그녀는 자기 주변만은 안전할 줄 알고 있었다는 걸 그제야 깨달았다. 마스크를 꼭 썼고, 손을 열심히 씻긴 했지만…… 그러고 보니 요 며칠 더 피곤한 것 같았네. 게다가 인후통이 살짝 느껴지면서 약간 쉰 소리가 나오지 않았어? 아니야, 그런 증상들은 예전에도 가끔씩 있었다고. 그녀는 새삼스럽게 목을 쓰다듬어 보다가 또다시 제훈을 떠올렸다. 어디서 감염이 되었을까? 안 풀리는 인생이라는 말을 입버릇처럼 하더니 결국 코로나까지 걸리고 말았네. 정말 딱해. 입원을 했을까, 아니면 자가격리만 하고 있을까? 아직 젊으니 빨리 회복되긴 하겠지. 이런 생각들을 해보다가 그녀는 결국 제훈의 휴대폰 번호를 눌렀다. 그 애의 음성 대신 안내 멘트가 흘러나왔다.

"지금 저희 고객님 휴대폰의 전원이 꺼져 있으니……."

그 멘트 위로 제훈의 음성이 생생하게 들려왔다.

"이번 봄에 연습생 생활 끝내고 나면 제 인생이 벚꽃처럼 확 피어날 줄 알았는데……. 열라 구려요, 씨. 팀장님이 괜히 벚꽃 콘셉을 잡아서……."

"그래, 미안하다. 난데없는 코로나바이러스란 놈이 나타나서 벚꽃 콘셉트를 잡아먹을지 난들 어떻게 알았겠냐. 근데 말이야, 그놈한테 네 인생까진 잡아먹히지 말아야지. 어서 툭툭 털고 일어나렴. 그러고 나면 네 인생이 벚꽃보다 더 확 피어나는 날이 꼭 올 거야."

어둠 속에서 나지막하게 들려오는 자신의 목소리를 들으며 윤조는 맞은편 거리를 무연히 바라보았다. 바쁘게 거리를 오가는 사람들, 버스가 정류장에 닿을 때마다 우르르 몰려가는 사람들. 하나같이 그들의 얼굴을 반쯤 가리고 있는 마스크들이 유독 눈에 들어오면서 갑작스러운 공포를 불러일으켰다. 어제오늘 봐온 광경도 아니건만 새삼스럽게 몰려오는 공포에 당황해하며 그녀는 자신의 귀에도 걸린 마스크 끈을 매만졌다. 내가 지금 재난 영화를 관람하는 중인가, 아니면 악몽을 꾸고 있는 건가? 그녀는 고개를 흔들면서 중얼거렸다. 이건 엄연한 현실이라고, 제발 정신 차리고 잘 적응해야 돼. 그러자 새카만 하늘을 배경으로 환하게 피어나고 있는 벚꽃들이 그녀의 말을 알아들었다는 듯 불어오는 바람에 고개를 끄덕였다.

다음 날 아침, 회사에 출근해 평소와 달리 서로 멀찌감치 떨어져서 카카오톡 메신저로만 대화를 주고받았다.

—어떻게 된 거래? 애들 검사 결과는 언제 나온대?

—매니저들도 받았어? 우리도 모두 받아야 되는 거잖아.

—우린 3차 접촉자라서 나라에서 해주지 않는대.ㅜㅜㅜ 원하는 사람들은 개인이 검사 비용을 부담해서 받으래. 16만 원씩이나 한다더라.

—이 상황에 대해 대표는 뭐라고 한대? 얼굴도 안 보이네.

—다들 젊은 사람이라 크게 염려하지 않아도 된다고 믿나 봐.

—사이토카인 폭풍이란 말도 못 들어봤나? 정신 차리

려면 아직 멀었어.

모두들 심란한 얼굴로 일은 하지 않으면서 컴퓨터만 들여다보며 수다를 떨고 있었다. 윤조는 팀원들을 채근하면서 일을 시키려 했지만 능률이 오르지 않았다. 앨범 출시 일자를 따져보면서 그녀는 혼자 애를 태웠다.

불안과 공포가 감도는 회사 분위기가 그녀에게 마치 전쟁터처럼 여겨졌다. 어깨에 총 대신 입에 마스크를 두르고서 누가 적인지조차 서로 모르는 전쟁을 매일 치르고 있는 것 같았다. 하지만 일은 착착 진행되어야 했다. 그녀는 어쩔 수 없이 관련 업체 사람들과 미팅을 하고, 메일을 주고받고, 촬영 현장에도 나가 이것저것 간섭했다. 그렇게 하루를 보내고 집으로 돌아가서 마스크를 벗을 때면 저절로 한숨이 나오곤 했다.

"휴우, 오늘 하루도 살아냈어."

며칠 후, 다행히도 검사받은 사람들이 모두 음성이라는 소식을 듣게 되었다. 입원해 있던 제훈도 빠르게 회복되어 가고 있다고 했다. 모처럼 윤조는 편안해진 기분으로 앨범 재킷 이미지를 확인하고 있는데 휴대폰이 울렸다. 엄마였다. 아무래도 방해가 될 것 같아 계속 모른 체하고 일했지만 휴대폰도 질세라 쉬지 않고 울어댔다. 하여튼 우리 엄만……, 누가 말려? 그녀는 투덜거리며 버튼을 눌렀다. 하지만 휴대폰에서 아무런 소리도 들려오지 않았다. 엄마가 통화 버튼을 잘못 눌렀나, 하는 생각이 들어 끊으려다가 말해보았다.

"엄마, 왜 그래? 뭣 땜에 전화를 계속했느냐고?"

그러자 음 으음, 하며 목을 가다듬는 소리가 들리더니 엄마의 꽉 잠긴 음성이 울려났다.

"할무이가…… 어제 새벽에…… 운명하셔서……."

할머니가 운명하시다니? 윤조는 그 말의 뜻을 얼른 해독할 수 없어 잠시 숨을 깊게 들이마셨다. 엄마의 목소리가 다시 들려왔다.

"마아 아예 연락들을 안 했다. 듣고 안 올라 하몬 다들 찝찝할 거 아이겠나, 싶어서. 그라이 사흘장씩 할 것도 없더라고. 너거 아부지하고 둘이서……."

"엄마, 아무리 그래도 그건 아니지. 적어도 나한테는, 나한테만은……."

순간 목구멍이 찢어질 듯이 윤조가 새된 소리를 지르자 사무실 안의 눈들이 한순간에 그녀에게로 집중되었다. 하지만 아랑곳하지 않고 다음 말을 이어가려는데 엄마가 낮지만 단호한 어투로 막았다.

"그라몬 니가 온다 할 끼 뻔한데, 우예 막겠노 싶어서 그랬다."

"그래도 그건 아니잖아. 어떻게 해서라도 내가 갔었어야지."

"우째 니만 생각하노? 니가 여어 왔다 가고 나몬 회사는 우째 다닐라꼬? 너거 회사 사람들 생각은 안 하나? 대구 다녀온 줄 알몬 당분간 아무도 니 옆에 얼씬도 못 할 끼라. 그거는 진짜로 더 아인기다. 하이튼 그리 알고 있어라. 또 연락하자."

휴대폰을 손에 쥔 채 멍하니 앉아 있는데 그녀의 볼을 타고 눈물이 주르르 흘러내렸다. 하지만 그녀는 흐르는 눈물을 미처 닦을 사이도 없이 본부장과 대표가 보내온 메일에 답을 신속하게 해야만 했고, 온라인 바이럴 업체와 계속 의견을 주고받아야 했다. 몇 시간을 꼼짝없이 컴퓨터 앞에 앉아 업무 처리를 끝내고 나자 어느새 블라인드 틈으로 어둠이 스며들고 있었다.

퇴근길에 나서서야 윤조는 몇 시간 동안 잊고 있었던 엄마의 전화가, 할머니의 부음이 마치 한낮에 꾸었던 꿈처럼 떠오르기 시작했다. 그녀는 어둑어둑해진 거리를 느린 걸음으로 걸으면서 혼잣말을 했다.

"할머니가 어떻게 내 얼굴을 보시지도 않고 그냥 떠나셨을까? 문병도, 장례식에도 안 간 배은망덕한 손녀로 나를 만들어 놓으시고. 아무래도 믿을 수가 없어. 세상 누구보다도 나를 사랑하시는 우리 할머니인데. 그치, 할머니?"

응답해 줄 할머니 얼굴을 떠올리며 허공을 바라보는데 어디선가 온기를 품은 바람 한 줄기가 불어와 그녀의 머리카락을 흔들었다. 그러자 바람에 실려 온 듯한 할머니의 목소리가 들리기 시작했다.

"괜안타, 마아 괜안타, 윤조야. 내가 니 마음 다 안다. 벚꽃이 지금 한창 아이가. 이때를 놓칠까 싶어서 서둘렀니라. 한 번 왔다 가는 길이 꽃길이몬 더 좋제. 내 좋을라꼬 지금 가니라. 그러이 맘 펜히 묵어라. 이 벚꽃들 좀 봐라. 참말로 곱제. 해마다 벚꽃이 곱게 피몬 이 할매 생각을 해도고. 그라몬 나는 된 기라."

윤조는 고개를 끄덕이다가 벚꽃이 환하게 수놓인 밤하늘을 우러러보았다. 그녀의 눈길이 가닿는 데마다 벚꽃들이 놀란 듯 화들짝 여기저기서 피어났다. 그 위로 할머니의 얼굴이 환하게 떠올랐다. 그녀는 자신도 모르게 입가에 벙긋 웃음을 지었다.

윤조는 코로나바이러스란 놈이 아무리 위세를 떨어도 때맞추어 피어준 꽃이 고맙고 신기했다. 자신이 기획한 벚꽃 콘셉트 공연이 날아간 것이 아쉬웠지만 벚꽃 지기 전에 가고 싶다는 할머니의 뜻이 이루어진 것은 그나마

다행이라 여기려고 했다. 그러자 그녀의 마음이 조금 편해졌다.

끝없이 이어진 벚꽃 길을 밤새워 걸어갈 듯, 윤조는 걷고 또 걸었다.

그는 그렇게 갔다

윤
금
숙

윤금숙

이화여자대학교 국문과 졸업. 《수필문학》 천료. 미주 《한국일보》 문예공모 단편소설 당선. 소설집 《먼 데서 온 편지》, 수필집 《그 따뜻한 손》, 재미 작가 5인 동인지 《참 좋다》가 있다.

"사모님! 박 선생님께서 갑자기 쓰러지셔서 열을 쟀더니 103도(화씨, 섭씨 39.4도—편집자)에다 호흡곤란이 온 것 같습니다."

"나한테 전화하면 어떡해요? 빨리 911을 불러야죠?"

"물론 불렀죠. 기다리는 사이에 사모님께 전화 드리는 겁니다."

"알았어요. 지금 가요."

양로병원에서 전화가 왔다. 가슴이 쿵쾅거렸다.

이런 일이 한두 번이 아니었지만, 지금은 아프면 안 되는 상황이다. 코로나19로 온 세상이 뒤집어지고 있는 때이니 말이다.

전쟁! 보이지 않는 적과의 전쟁! 총칼 없는 전쟁!

"아! 내 옷? 내 옷이 어디 있지? 내 백은 어디 있나? 내 신발?"

갑자기 횡설수설 혼자 중얼거리며 허둥댔다. 이럴 때, 차 열쇠는 어디로 숨었단 말인가?

엘에이 코리아타운으로 가는 101 프리웨이는 언제나 차가 붐벼 거의 한 시간을 잡아야 된다. 그런데 프리웨이가 뻥 뚫렸다. 코로나19로 인해 사람들이 집에 갇혀 있으니 그럴 수밖에 없다는 생각을 하면서도 겁이 덜컥 났다.

평소 때는 다른 차 뒤를 따라가면 속도에 신경을 쓰지 않아도 되는데 차들이 드문드문 달리고 있으니 나도 모르는 사이에 액셀을 그냥 밟았다. 힐끔 속도 게이지를 보니 85마일과 90마일(136~145킬로미터—편집자) 사이에서 바늘이 바들바들 떨고 있었다. 이런 때일수록 진정해야 한다고 스스로에게 타일렀다.

차가 없고 사람이 없는 거리가 너무나 낯설고 무섭기까지 했다. 가게들은 철문이 내려졌고 텅 비어 있는 주차장은 휴지들이 바람에 풀풀 날리고 있었다.

전쟁이 휩쓸고 간 자리처럼 적막이 소름 끼쳤다. 세상이 어떻게 되려나 싶으니 이 비현실적인 상태가 몰고 올 앞으로의 일이 폭풍전야의 정적 같았다. 자유가 없이 몇 달 갇혀 있다 보면 젊은 사람들이 언젠가는 터지지 않을까 하는 불안감이 엄습해 오기도 했다.

달리는 동안에도 문득 남편의 모습이 떠올랐다. 얼마나 험악한 몰골을 하고 있을까? 말 한 마디로 비위를 건드리면 집 안을 풍비박산을 내고 있던 그 모습이 떠올랐다. 그 때의 남편의 얼굴은 마귀! 바로 마귀가 있다면 그런 얼굴일 거라는 생각이 들자 고개를 흔들어 지워버렸다. 남편은 평생을, 아니 내 삶을 온통 지옥으로 만들었다.

갑자기 머릿속에서 번득 떠오른 생각! 내가 도착하기 전에 남편이 사망해 버린다면……. 나에게는 그런 행운도 오지 않겠지?

달리면서도 간절하게 내가 도착할 때까지 앰뷸런스가 나를 기다려 줬으면 하는 마음과 떠나고 없기를 바라는 생각으로 머릿속이 갈팡질팡했다.

왼쪽 옆 차를 보니 운전자가 선글라스에다 시커먼 마스크까지 덮어 써서 얼굴인지 뭔지 섬뜩했다. 오른쪽으로 고개를 돌렸다. 젊은 백인 남자는 선글라스만 꼈고 마스크는 하지 않았다. 역시 젊은 사람들은 코로나에도 민감하지 않은 게 건강에 자신이 있어 보였다.

아차! 서두르는 바람에 나는 장갑도 마스크도 하지 않았다는 것을 이제야 알았다. 아들과 며느리는 응급상황이 아니면 외출을 금하되 나갈 경우에는 반드시 마스크와 장갑을 끼고 나가라고 신신당부하지 않았던가. 나를 위해서라기보다는 자기 자식들 때문이라는 것도 잘 안다. 고양이 쥐 생각 한다는 마음이 들다가도 아차, 내 손주들이기도 하지 하는 생각이 들어 위안이 됐다. 나이가 드니 매사가 꼬여 어쩔 수 없이 속 좁은 노인이 되는 것 같았다.

2020년 초부터 코로나19 바이러스가 중국에서 난리도 아니라고들 떠들지만 우리는 불구경만 하고 있었다. 그러더니 조금 후에는 대구에서 신천지 신도들이 감염이 된 줄도 모르고 여기저기 돌아다녀 전염이 되고 있다고 했다.

이곳에서 우리는 미국인들한테 좀 창피한 마음이 들었다. 신천지? 몇 년 전에 이곳에서도 신천지를 조심하라는 이야기는 들어봤지만 신천지가 그렇게 신도수가 많은지는 새삼스럽게 놀라웠다. 우리의 조국 한국이 온 세계의 주목을 받고 있으며 미국 뉴스에서도 신천지를 이야기하니 창피하기 이를 데 없었다.

여전히 우리는 불구경만 하고 있었다. 그러다가 2020년 2월 말이 되니 이곳 엘에이도 술렁술렁하기 시작했다. 뉴욕에서 환자가 생기기 시작한다는 뉴스였다. 그래도 우리

로스앤젤레스는 아니겠지? 무슨 사재기가 시작됐다고 해서 우리는 비웃었다. 감히 미국에서 사재기라니 말도 안 돼! 전쟁이 난 것도 아닌데…….

코스트코에 갔더니 정말 휴지가 있던 자리와 물병이 있던 자리가 텅 비어 있어 깜짝 놀랐다. 한국 마켓에도 항상 산더미같이 쌓여 있던 쌀이 일인당 1포라는 사인만 펄럭이고 있었다.

그 후 3월 중순이 되자 내가 사는 로스앤젤레스에도 'Stay at Home'이 선포되었다. 3월 15일부터 매일 가던 교회가 문을 닫았고, 식당, 백화점 모든 곳이 전쟁도 아닌데 법적으로 문이 닫혔다. 오직 마켓만 문을 여는데, 오픈하기도 전에 긴 줄이 끝도 없이 늘어서 있었다.

양로원이나 양로병원에도 방문이 금지되었다. 어차피 남편을 만나는 일이 죽기보다 싫었는데, 자연히 면회가 사절되었으니 양심에 가책받을 일도 없어졌다. 모두에게 보이지 않는 적이 나에게는 내심 고맙기도 했다.

지난가을에 남편을 양로병원에 입원시켰을 때, 며느리가 911에 신고하지 않았던가. 남편은 뭐가 마땅치 않은지 자주 나를 불러 세웠다. 쓸데없는 것을 끄집어내서 시비를 걸고 잔소리를 해대니 살 수가 없었다. 그러고는 급기야는 살림살이를 집어던지며 미친 듯이 난동을 피웠다.

그럴 때마다 나는 가방 하나만 들고 대문 밖으로 도망을 쳐야 된다는 생각밖에 없었다. 그 길만이 사는 길이었다. 손에 걸리면 맞아 죽을 것 같았기에.

천성이 괴팍한 성격에다 매사가 못마땅하고 불평, 불만이 가득 찬 남편은 아들네가 우리 집으로 들어오고 나서 더 심해졌다. 둘이 사는 것보다 아들네가 들어오면 아이들 재롱도 있고 며느리도 있고 하니 조심할 거라는 내 계산은 실패였다.

번번이 누가 내 집에 감히 아들네를 끌어들여 나를 힘들게 한다는 둥 깐죽깐죽 내 코앞에다 삿대질을 하고 덤비는 데는 나도 견디기가 힘들었다. 며느리가 2층에서 듣고 있을 생각을 하니 불안해서 견딜 수가 없었다. 코앞에 마귀 같은 얼굴을 들이대니 나도 모르는 사이에 밀어버렸다. 생각보다 남편은 힘이 없어 나가떨어져 벽에 부딪쳤다. 그때까지도 며느리는 위층에서 조용했다. 다행이었다.

갑자기 남편이 골프채를 빼더니 부엌 살림을 때려 부수기 시작했다. 도저히 말릴 수가 없었다. 말리다간 내가 골프채에 맞아 죽을 것 같아 뒷마당으로 뛰쳐나갔다. 가슴이 벌렁거려 어찌할 줄을 모르고 우왕좌왕하고 있었다.

자동차 키가 없으니 도망갈 수도 없었다. 그냥 걸었다.

소방차가 골목을 꺾더니 우리 집 앞에서 멈춘다. 곧바로 경찰차가 번쩍번쩍 불을 켜고 들이닥쳤다. 나는 다시 걷던 길을 돌아서 집으로 향했다.

꼼짝 않고 있던 며느리가 대문을 열고 나오고, 그때 마침 아들 차가 집 앞에서 멈췄다. 며느리는 냉정한 얼굴로 경찰과 이야기를 하고 있었다. 며느리가 괘씸했다. 감히 내 허락도 없이 911을 부르다니…….

발버둥을 치는 남편을 건장한 경찰관 두 명이 양쪽에서 팔을 끼고 걸으니 가볍게 매달린 꼴이었다. 남편의 몸은 허깨비에 불과했다. 그들은 남편을 바짝 들어 뒷좌석에 밀어 넣어버렸다. 그래도 고래고래 소리를 지르고 분을 못 이겨 발버둥을 쳤다. 그 순간 뒷좌석에 앉아 있던 남편과 내 눈이 동시에 마주쳤다.

그 눈은 평생 동안 보지 못했던 허망하고 허허로운 슬픈 눈이었다. 순간, 그의 불행했던 일생이 눈 안에 담겨 있음을 보았다. 그도 나를 보자 구원자는 당신밖에 없다는 듯 간절하고 애절한 눈빛을 나에게 보냈다. 그런 눈빛을 생전 처음 보았고, 느꼈다. 남편이 불쌍하다거나 가엾다거나 그런 생각을 한 번도 해본 적이 없었는데…….

가슴이 벌렁벌렁 걷잡을 수 없이 떨렸다. 우황청심환을 찾아 입에 넣고 부엌으로 들어가 냉수 한 컵을 마시며 가슴을 쓸어내렸다. 그때까지도 며느리는 나에게 다가오지 않았다.

조금 후 아들이 들어오더니 2층으로 올라가 버린다. 그 또한 괘씸하기가 이를 데 없었다. 대번에 둘이 짜고 경찰을 불렀다는 생각이 들자 여우 같은 며느리가 착한 아들을 꼬드겼다는 판단이 나왔다.

그사이 아들네는 모든 준비를 미리 해놓았는지 남편을 바로 양로병원에 입원시켰다. 아들은 내게 그동안 힘들었던 일을 구구절절 이야기하며 서로가 사는 길을 많이 생각하던 끝에 내린 결론이니 이해해 달라고 간곡히 부탁했다.

아무리 생각해도 남편이 다시 집으로 돌아올 것 같지 않다는 마음이 들어 2층 안방을 아들네한테 내어주었다. 다행히 아래층에 작은방과 화장실이 있으니 내가 내려가야 아들네가 애들 둘 데리고 편안할 것 같았다.

그런데, 안방을 내주고 아래층 방으로 내려오고 보니 완전 뒷방 노인이 된 기분이 들었다. 아이들 둘과 아들 며느리가 2층으로 올라가 버리고 나면 나는 골방에 처박힌 기분, 꼼짝없이 외딴 섬에 혼자 와 있는 고독이 몰려왔다.

전에 남편과 함께 살 때는 전혀 느껴보지 못했던 외로

움, 아니 왕따당한 느낌이 드는 데다 내 편이 없다는 허전함이랄까? 내 명의로 된 내 집인데도 그런 기분이 들었다.

지난번 집수리를 할 때만 해도 그렇지, 내 물건을 묻지도 않고 마구잡이로 버리니 일일이 말할 수도 없고 밸이 틀려 혈압이 다 오르지 않았던가. 어찌 열불 날 일이 한두 가지뿐이랴.

며느리는 시어머니의 고리타분한 허섭스레기로 보이는 물건들이 꼴 보기 싫겠지만 아들 녀석도 말 한마디 묻지도 않고 척척 버리는 데는 정머리가 떨어졌다. 자식도 결혼을 해서 자기 살림을 차리면 자기 가족이 먼저겠지, 어찌 어미 생각이 먼저겠는가. 이해하고 포기하려고 애를 썼지만 번번이 눈에 거슬리니 속이 뒤틀렸다.

양로병원에 도착해 보니 주차장이 텅 비어 있었다. 앰뷸런스도 없고 조용했다. 모두가 코로나19로 인해 사회적 거리를 두고 있는 때라 누구를 함부로 만날 수도 없었다.

사무장실로 들어갔다.

"한바탕 소동을 피웠는데, 구급대원들이 열을 재고 혈압도 체크를 했는데 다 정상이라 돌아갔어요."

한편으로는 다행이다 싶으면서도 약간의 실망은 어쩔 수 없었다. 나는 무엇을 기대하고 왔던가. 지금 코로나19

로 인해 온 세상이 뒤집어지고 있는 이 상황에 병원 응급실이 만원이라 갈 데도 없었다. 그나마 다행이다 싶은 마음이 들어 뒤도 돌아보지 않고 차를 몰고 집으로 왔다.

차를 주차하려는 순간 아들이 차 앞으로 들이닥치더니 다짜고짜 물었다.

"어머니! 이 난리도 아닌 상황에 어디 갔다 오시는 거예요? 혹시 아버지한테?"

"갑자기 쓰러지셨다고 전화가 왔잖니. 그래서 갔다만 왔어. 다 괜찮으시데……."

"아버지 계신 곳을 갔다 오셨다고요? 그러면 아이들도 있고 하니 방에서 2주 동안 자가격리해야 해요. 아셨죠? 물어보지도 않고 혼자 맘대로 가시면 어떡해요?"

신경질적으로 말하는 아들의 태도가 괘씸하기 이를 데 없었다.

"아니, 응급 상황인데 물어보고 말고 할 것도 없잖아? 아버지가 쓰러지셨다잖아? 안 가보는 게 말이 되니? 애가 정말? 내가 방에서 안 나오면 될 거 아냐?"

나는 차 문을 쾅 닫고 쳐다보지도 않고 아래층 내 방으로 들어가 버렸다. 아무리 코로나로 난리가 났다 해도 사람이 쓰러졌다는데 아들이라는 애가 말도 되지 않는 소리를 하고 있었다. 자기 새끼만 중요하고 제 아버지는 안중에도 없는 태도이니 자식 키워봤자 소용 하나 없다는 옛말이 백번 맞았다.

분을 참고 견디려니 가슴이 벌렁벌렁하고 혈압이 올라가는 것 같았다. 내가 방에서 나가나 봐라. 그때 남편 말이 자기네들끼리 살라고 놓아두지, 젊어서 고생은 해봐야 되는데 가만있는 애들을 왜 집으로 끌어들이지 못해 안달을 하냐고 성화를 냈었는데…… 남편 말이 백번 옳았던 거였다.

아무리 남편이 공황장애에다 우울증이 심해 성질이 갈수록 난폭해졌다 해도 평생 동안 견디지 않았냐 말이다. 정말이지 아들네를 불러들이지만 않았어도 남편을 양로병원에 보내지는 않았을 텐데…… 온갖 생각이 뒤죽박죽 엉키다 보니 머릿속이 갑자기 터질 것처럼 아파왔다.

마치 아들은 자기 집인 양, 자기가 좋아하는 스타일대로 집수리까지 다 했으니 이제 와서 이러지도 저러지도 못하게 돼버렸다. 후회한들 무슨 소용이랴!

이것도 분명 며느리가 내 앞에서는 살랑대다가 자기 남편한테 뭐라고 고자질을 해대지 않고야 아들이 그럴 리가 없다는 생각이 들자 화살은 며느리한테 꽂혔다. 며느리는 친정엄마가 일찍 돌아가셔서 나를 친정어머니로 생각한다고 하지 않았던가. 다 개 짖는 소리였다. 뚱한 아들에

비해 며느리는 사근사근해서 그거 하나 보고 결혼을 밀어붙였더니 뒤로 가서 여우 짓을 하는 줄을 예전에 알았어야 했다. 며느리는 애들을 핑계로 내다보지도 않았던 일이 더 괘씸했다.

갑자기 친구 문자 생각이 났다. 아들은 하버드대학을 나와 대기업에서 중역으로 잘나가 친구들 모두가 문자를 너무도 부러워했다. 외동아들이지만 열 아들 부럽지 않다고들 만날 때마다 침들을 흘렸다. 한 가지 흠이라면 며느리가 백인 여자라는 거다. 우리들은 뭐라도 흠을 잡아내야 직성이 풀렸다.

그러던 어느 날, 나에게만 속 이야기를 털어놓았다.

처음으로 아들네가 집을 샀다며 초대를 했다. 아들이 좋아하는 한국 음식을 바리바리 싸갖고 신이 나서 엘에이에서 뉴욕으로 갔다. 며느리는 쳐다보지도 않을뿐더러 냄새가 싫은지 양미간을 찌푸렸다. 하지만 아들은 옛날 먹던 음식이라 맛있게 잘 먹었다. 내 아들만 잘 먹으면 되지……. 바라만 봐도 든든하고 자랑스러운 아들!

아들이 먹고 남은 그릇을 개수통에 넣고 막 씻으려는 찰나에 갑자기 날카로운 소리가 허공에 산산이 퍼졌다.

"뭐 하는 거예요? This is my house! Don't touch anything!"

예기치 않았던 날카로운 소리에 셋은 동시에 며느리 쪽으로 고개를 돌렸다. 잠시 반가웠던 분위기가 싸해졌다. 가장 당황한 사람은 물론 아들이었다.

아들은 중간에서 어찌할 줄을 모르고 양쪽 눈치만 보고 있었다. 나는 뭔가 죽을죄를 지은 죄인처럼 주춤주춤 방향을 잃고 서 있다가 방으로 들어왔다. 침대 끝에 멍하게 앉아 지금부터 내가 어떻게 해야 할지 막막했다.

백인 며느리한테 영어로 야단맞는 모멸감은 한국어로 받는 꾸지람에 비교가 되지 않았다. 영어 때문에 가끔 죽을 만큼 창피했던 일들이 한꺼번에 몰려왔다.

이건 아니다! 세상이 무너져도 이럴 수는 없지! 풀어놓았던 짐과 걸어놓았던 옷가지를 다시 가방에 챙겨 바로 공항으로 달렸다.

항상 힘들 때마다 나는 문자를 생각했다. 아들로 인해 속이 상하는 일은 남편의 일보다 더 불행할 것 같았다. 그래도 나는 그것보다는 좀 낫지! 하고 위로를 받곤 했었는데……

양로병원에 방문하고 방에 갇혀 있던 날 밤 11시에 사무장한테서 전화가 왔다.

"사모님! 지금 막 앰뷸런스가 와서 박 선생님을 모시고 캘리포니아 병원으로 간다며 떠났어요."

두방망이질하는 가슴을 누르고 숨을 크게 한번 쉬고 다시 물었다.

"낮에 괜찮았잖아요?"

"맞아요! 갑자기 숨을 못 쉬고, 가래가 끓어서요. 하여튼요, 그 병원으로 갔으니 연락이 갈 거예요. 그렇게 아세요!"

전화가 급하게 뚝 끊겼다. 나는 방에 갇혀 있는데, 아들한테 알려야 하나 어떡해야 하나 가슴만 뛰기 시작했다. 밤 11시 30분……

죽기를 은근히 바랐는데, 이런 때 간다는 것은 말이 안 된다는 생각이 들었다. 마지막 가는 길까지도 내 가슴에 대못을 박고 가려나? 지금은 아닌 것 같은데……. 어떻게 해야 하지?

화장? 코로나19로 세상을 떠나는 환자는 화장을 해야 한다는 말을 얼핏 들은 것도 같은데……. 어떻게 해야 하는지 지금부터 냉정하게 생각을 하자. 아들은 다행인지 불행인지 직장에 나가지 않고 있으니 아들에게 맡기는 수밖에……. 이럴 때는 아들이 큰 의지가 되었다.

불면증에 시달려 약이 없으면 잠을 못 자는데, 이 밤을 어쩐다지…….

아침에 읽다 만 〈한국일보〉를 집어 들었다. 캐나다 최악 총기난사……. 코로나 실직 탓? 한국에서는 워낙 초기부터 자가격리, 마스크 착용을 잘해서……. 자랑스러웠다. 일본 병원 코로나 환자 거부? 트럼프, 비판성 질문. 바이러스 전쟁에도 봄은 오는가? 미국에 코로나19 사망자 십만 명 넘다! 등등.

그가 남동생의 가정교사로 들어왔을 때의 일이 아스라이 떠올랐다. 지금은 남동생도 멀리 가버렸지만……. 그의 교복에 붙은 배지가 선명하게 눈에 들어왔다. 아무것도 보이지 않았고 그 배지만이 그를 돋보이게 했다. 오직 지적인 데에만 눈이 꽂혔다. 지금 생각해 보면 나의 치기와 자존심이었던 것 같았다. 인간성? 성격? 자라온 환경이 중요하다는 것을 그때는 몰랐다.

개천에서 용 난 사람, 지금 세상에서는 그럴 수도 없지만 우리 나이 때는 그랬었다. 그래서 나는 그 배지에 내 운명을 맡겼다. 한국에서야 대기업에 다니지 않았던가. 실력 하나 보고 남편을 택했던 것을 그때는 후회하지 않왔다. 가끔 회사에서 받은 스트레스를 집에까지 가져와서 나한테 분풀이처럼 했지만 이해했었다.

승승장구하던 남편은 엘에이에 지사장으로 발령을 받아 아들 하나 데리고 꿈의 나라 미국으로 와 결국은 이곳에 눌러앉게 되었다. 친구의 소개로 마켓을 하기 시작했다. 성실한 남편은 불친절하기는 해도 열심히 일을 했다.

그러다가 손님과 자주 부딪치기 시작했다. 나는 물론 그때마다 손님을 달래서 무마시키곤 했지만 그런 일로도 남편은 나를 괴롭혔다. 점점 잠재해 있던 성격이 나오는 것 같았다.

남편은 불행한 가정에서 자랐다. 배우지 못한 어머니는 착하기만 해서 아버지한테 매를 하루가 멀다 하게 맞으면서 살았었다. 살 수밖에……. 남편은 그런 어머니를 미워하면서 살았고, 그런 아버지를 몇 번이나 죽일 생각까지도 했었다고 했다.

그런데, 그것도 유전일까?

이런 생각 저런 생각에 더 밤을 홀랑 새게 됐다. 휴대폰은 밤새 조용했다.

아침 8시가 되니 사무장한테서 전화가 왔다. 가슴이 덜컹 내려앉아 단번에 전화를 받지 못했다. 순간 남편의 사망? 아니, 병원이 아니지?

"사모님! 박 선생님께서 코로나 증상도 없고 정상으로 돌아와 병원에서 오늘 중으로 퇴원하라고 연락이 왔어요."

"아, 예, 다행이네요. 항상 사무장님께 감사합니다."

"그런데 문제가 생겨서요. 우리 양로병원에 확진자가 생겨 박 선생님이 우리 쪽으로 다시 올 수가 없게 됐어요. 그런 데다 병원에서 퇴원하면 2주 동안 자가격리를 해야 하니 집에 모시고 계시다가 조용해지면 다시 우리 양로병원으로 오시면 됩니다. 죄송합니다."

갑자기 앞이 캄캄해졌다. 생각지도 않게 다시 집으로 와야 된다니 어쩌면 좋을까? 이미 2층의 방도 아들네한테 내어줬는데 다시 방을 비워달라고 할 수도 없고, 아래층 작은방에서 둘이 견딘다는 생각만 해도 가슴이 답답해 왔다.

어쨌거나 아들한테 알려야 했다. 같은 집에 있으면서 전화를 했다.

"병원에서 퇴원을 하라는데 집으로 와야 할 상황이란 다. 병원에 가서 아버지를 모시고 오는 수밖에 길이 없는 것 같다. 이 상황에 어디로 가겠니?"

"집으로요? 집엔 안 되는데? 애들도……."

며느리가 옆에서 뭐라 하는 소리가 들렸다. 둘이 의논을 하겠지만 내 집 갖고 내 마음대로도 못하는 이 상황이 어이가 없기도 했다.

"어머니! 호텔을 알아보고 있는데요? 오픈한 곳이 한 군데도 없네요. 어쩌죠?"

"호텔? 집 두고 호텔이라니? 빨리 가서 집으로 모셔 오고, 내가 아래층 방에서 아버지랑 감옥살이 할 거니까, 걱정하지 마!"

괘씸하기가 이를 데 없었다. 분명 며느리가 나서서 애들 핑계 대며 난리를 한 것 같았다. 아들의 목소리도 화가 나 있는 것으로 보아 분명 한바탕한 느낌이다.

아들은 병원에 가서 남편을 퇴원시켜 집으로 모셔왔다. 몇 달 만에 집에 돌아온 남편은 조금은 옛날보다 수그러든 것 같기도 했다. 어쩔 수 없이 남편과 같은 방을 다시 쓰게 되었으니 원망할 길은 원수 같은 코로나19나 탓을 할까?

우리 부부는 아래층 방에 격리가 됐고, 아들은 병원에 다녀온 후로 2층 구석방에 격리가 돼 며느리와 각방을 쓰게 되었다. 같은 지붕 아래 세 부류로 격리가 된 가족? 며느리는 어쩌면 시아버지가 집으로 돌아왔는데도 내다보지도 않고 2층에서 애들과 박혀 있는지……. 아무리 코로나19라고 해도 6피트(약 1.8미터—편집자) 거리만 지키면 되는 거 아닌가?

하루가 지옥 같은 시간이다. 이 와중에도 눈치 없는 남편은 집밥을 날마다 원하니 죽을 지경이었다. 며느리한테 내가 시집살이를 하고 있는 격이니 말이다. 졸지에 삼시세끼를 부엌에서 한국 음식을 해야 했다. 아들은 부엌에 있는 나에게 알은척도 하지 않고 휙 나갔다가 한참 후에 들어오곤 했다. 가끔 큰 소리가 2층에서 들리기도 하니 우리 때문에 아들네 부부 사이가 좋지 않아지고 있다는 직감이 왔다.

다행히 남편은 먹고는 침대에 누워 종일 자다 깨다 몽롱한 상태인 채였다. 한주먹이나 되는 약을 챙겨주고 세끼 밥을 해주는 일이면 됐다. 남편은 아들네가 집에 있는지 없는지 아무것도 묻지 않았다. 남편과의 대화는 거의 할 필요가 없었다. 전처럼 들볶지 않아 천만다행이었다.

아들과 며느리는 따로 지내는 것 같았다. 며느리는 아이들을 데리고 훌쩍 나갔다가 두어 시간 지나서 들어와 2층으로 올라가서는 내려오지 않았다. 신문에 매일 나는 기사에서도 가장이 직장을 잃어 부부 싸움이 잦아지고 급기야는 폭력이 심해져 파탄이 나는 가정이 많다 하지 않던가.

일주일이 되는 날, 새벽녘에 갑자기 남편의 숨소리가 이상했다. 흔들어 깨워봤지만 눈을 뜨지 못했다. 점점 가래가 끓기 시작했다. 방 밖으로 뛰어나가 2층에다 대고 소리를 질렀다.

"애! 앰뷸런스! 911, 빨리! 아빠가 숨을 못 쉰다!"

2층 난간에 서서 아들은 핸드폰으로 911을 부르고 며느리는 겨우 반대쪽에서 나와 내려다보고 있었다.

시계를 보니 새벽 4시 10분이었다.

아들은 바로 앰뷸런스를 따라나섰다. 그래도 아들이 따라나서니 마음이 든든했다. 나는 가볼 수도 없는 상황이라 안절부절못했다.

두 시간 후, 병원에서 전화가 왔다.

"운명하셨습니다."

가슴이 쿵 하고 내려앉았다. 눈앞이 캄캄해졌다. 순간 이렇게 마지막을 마감한다는 것은 말이 안 되는 것 같았다. 그래도 평생을 함께한 남편인데, 끝까지 가슴에 멍을 남기고 떠나는구나 싶은 생각이 들었다.

친구 문자한테 전화를 했다.

"애! 남편이 지금 막 갔대."

"엉! 뭐야? 가다니 어딜? 돌아가셨단 말이야? 코로나로?"

"응, 새벽녘에 앰뷸런스를 불러 응급실로 갔잖아. 도착해서 얼마 후 조용히 갔대."

나도 모르게 눈물이 났다. 끝까지 내 가슴에 한을 남기고 가는구나 싶어서 너무나 야속했다.

"얘, 너 우는 거야? 뭐가 슬퍼서 우는데? 어차피 아무것도 할 수 없는 상황이니 잘됐네. 마지막 길에 너 안 찾더라니?"

"그래도, 장례식은 해서 보내고 싶었는데…… 그래야 회한이 덜 남을 텐데……."

"회한? 뭔 회한? 평생 너같이 힘들게 산 사람도 드물어. 물론 네 남편도 인생이 불쌍하기는 해! 사랑을 못 받고 산 사람이었으니…… 주는 것도 모르잖아? 됐어. 장례식이고 뭐고 아무것도 할 수 없으니 어차피 돈 안 쓰게 하고 갔네 뭐! 훌훌 털어버려!"

아들이 양로병원에 가서 아버지의 간단한 짐을 꾸려 왔다. 나는 짐 속에서 양복 한 벌을 꺼냈다. 그래도 마지막 가는 길에 깨끗한 수의를 입혀야겠다는 생각이 들었다. 양복 안주머니에 뭔가 두툼한 것이 잡혔다.

"나는 어려서부터 사랑이 뭔지를 모르고 자랐소. 사랑이라는 걸 해보려 했지만 그럴수록 자꾸만 반대로 행동하니 더

화가 나고 급기야는 분노로 치달았고······ 이제 와서 당신에게 한 번도 안 해본 '사랑'이란 말은 할 수 없고 '미안하오.'

몰래 정신과에서 상담도 받아봤지만······

-생략-

뒤뜰 감나무 옆에 벽돌 아래를 파보시오. 내가 아꼈던 군용 반합에 당신의 노후를 위해 조금씩 모아놓은 돈이 좀 있을 거요. 마지막으로 해줄 수 있는 것이 겨우······. 그 돈으로 훨훨 날아다니기를 바라오. 미안, 미안하오."

또박또박 정성스럽게 쓴 남편의 편지가 처음 눈에 꽂혔던 배지와 같이 빛났다. 서로가 불행한 만남이었지만 그래도 마지막 이 편지 한 통이 지나온 세월들을 희석시킬 수 있을 것 같았다. 가슴에 멍이 조금씩 옅어지기 시작했다.

하관은 오전 11시였지만 나는 혼자 한 시간 전에 갔다. 마지막으로 입관하기 전에 얼굴을 볼 수 있게 해준다 해서다.

남편의 얼굴을 볼 수 있었다.

나는 깜짝 놀랐다. 남편의 얼굴은 너무나 편안해 보였

다. 이런 모습을 평생 본 적이 없었다. 그 모습은 마귀가 아니라 천사의 얼굴이었다. 신기하게도 그 얼굴을 보는 순간 모든 회한과 지난날의 지옥 같았던 일들이 스르르 지워지면서 아름다운 추억으로 획획 바뀌고 있었다.

어디선가 천사의 노래인 듯 가냘픈 찬양이 멀리서 들렸다. 나는 그 관 앞에 무릎을 꿇고 두 손을 모았다.

"나도 미안해요."

누군가 뒤에서 어깨를 껴안았다. 아들 뒤로 아이들 둘이 정장을 하고 조용히 서 있었다. 둘이 마치 짜고 하는 것처럼 동시에 말했다.

"어머니! 미안해요."

나는 뒤뜰로 나가 남편이 손수 심었고 가꾸었던 감나무로 갔다.

벽돌을 들어냈다. 작은 꽃삽으로 다칠세라 조심스럽게 한 뼘쯤 아래를 파니 반짝하고 쇠붙이가 보였다. 남편이 보물처럼 아꼈던 군용 반합이었다.

떨리는 손으로 조심스럽게 뚜껑을 열었다.

막 찍어낸 듯 푸르스름한 새 지폐가 정갈하게 차곡차곡 담겨 있었다.

반합을 가슴에 껴안고 하늘을 바라봤다. 내 눈에 서린

물기 때문인지 맑고 청명한 하늘에 은빛 뭉게구름 한 자락이 남편의 형상으로 나를 향해 손을 흔들고 있었다. 나도 남편의 손짓을 따라 훨훨 가볍게, 가볍게 날았다.

험악한 코로나19 바이러스에도 감나무에는 파릇파릇 새싹이 돋고 있었다.

코로나19의 시절 너머

이
재
연

이재연

《현대문학》 등단. 장편소설 《황혼 무렵엔 그리운 사람을 만나러 간다》, 소설집 《무채색 여자》, 산문집 《누군가 나를 부른다》 《바람의 항구》가 있다. 〈율목문학상〉 수상.

1.

동네 식당으로 가기 위해 남편과 함께 집을 나섰다. 거리엔 사람이 없다. 2월의 나무들은 겨울의 침묵 속에서 봄을 기다리고 있다.

식당엔 손님들이 드문드문 앉아 있다. 집에만 머물던 이들이 사람 냄새가 그리워 찾아든 것처럼 보인다. 분위기가 따뜻한 이 식당은 포근한 인상의 주인 아주머니가 매일 두 가지 정도의 반찬을 새로 만들어 식탁에 올린다.

텔레비전에선 정 본부장이 담담한 태도로 코로나19 현황에 대한 브리핑을 하고 있다. 부드럽고 강인한 그녀의 목소리엔 코로나바이러스를 꼭 박멸하겠다는 의지가 어려 있다. 이 힘든 시간을 잘 참고 이겨 앞으로 나가자고 호소하는 것처럼 들린다. 그는 마치 강풍에 불안하게 떠가는 배를 잘 조종하는 노련한 선장처럼 보인다. 햇살 환한 항구에 순조롭게 잘 정박시킬 듯 강인한 정신력이 느껴진다.

청국장을 먹고 밖으로 나오자, 희미한 햇살이 거리를 비추고 있다. 고요한 길엔 사람들의 무거운 마음처럼 슬픔이 고여 있다. 지금은 '자가격리 시대'지만 집에 들어가면 추운 방이 기다리고 있다. 아래층 화장실로 물이 새어서 3주 후 수리하기로 했다. 난방도 안 되고 온수도 끊겼다.

"동네 산책하다 집에 갈까?"

나는 남편의 얼굴을 보고 말한다. 마스크 때문에 그의 가늘고 긴 눈이 어둑한 저녁의 초승달처럼 보인다.

"응, 그래."

은행나무 가로수길 따라 걸어가다가 중심가로 가는 네거리 앞에서 다시 돌아서 걷는다. 과천 중심가엔 신천지 본부가 있어 그쪽으로 될 수 있는 대로 가지 않으려고 한다. 신천지 교인인 31번 확진자가 대구로 내려가서 확진자 수가 마구 불어나고 있다.

그는 말없이 묵묵히 걷는다. 마스크를 쓰고 말하면 답답해 그러는지 모르겠다. 아니, 그는 원래 말이 없다. 나는 익숙한 침묵 속에서 그의 팔을 끼고 걷는다. 지금 유럽이나 미국에선 바이러스로 하루에도 수천 명의 사람들이 죽어가고 있다. 코로나 시절엔 어떤 말을 해도 이상하고 싱거운 소리로 들린다. 사람들 사이에선 침묵이 새로운 습관으로 자리 잡았다. 가로수의 가지에 앉아 있던 참새들이 공중으로 휙 날아간다.

"요즘은 너무 우울해. 내가 날 어떻게 할 수 없어. 보이지 않는 바이러스가 나를 집어삼킬 것 같아."

나는 매일 저녁이면 유럽과 미국의 코로나 사망자 수를 헤아린다. 요즘 새로 생긴 습관이다. 하루에도 수천 명의 사람들이 눈에 보이지 않는 바이러스로 죽어가고 있다. 존엄한 인간이 마른 잎 떨어지듯 그렇게 가볍게 쓸쓸하게 죽어간다.

"친한 친구가 죽은 지 얼마 되지 않아 그럴 거야. 시간이 가면 좋아질 거야."

요즘 그는 무엇이든 내 말을 그대로 순순히 받아들인다. 젊은 날의 그는 솟구치는 욕망을 따라 자기 마음대로 살았다.

건널목 쪽으로 가고 있는데, 얼굴을 거의 가리는 유독

큰 하늘색 마스크를 쓴 여인이 알은체한다. 지난가을 동네 시민회관에서 희곡반 수업을 한 학기 같이 청강했던 지인이다.

"요즘 어떻게 지내세요?"

마스크를 거쳐 나온 내 목소리가 투박하고 무뚝뚝하게 울린다.

"그냥 집에서 이럭저럭 지내요. 희곡반도 갈 수 없고, 연극도 볼 수 없고. 근데 어디 갔다 오세요?"

"저기 감자탕 집에서 식사하고, 집에 가는 길예요."

그의 맑은 눈이 전보다 더 초롱초롱 빛나 보인다. 마스크 속의 입은 빙긋이 웃고 있을 것이다. 그동안 집에서 하고 싶은 일을 하며 잘 지냈나 보다. 자신 속 깊이 파고들어 가 한 단계 더 높은 경지로 올라선 것 같다. 그의 생기찬 눈은 이 코로나 시절이 어떤 이에겐 변화와 성숙을 안겨주기도 한다는 것을 보여준다.

"우리 언제 좋은 날이 오면 마스크 벗고 만나요." 푸른 마스크를 쓴 그가 말했다.

"빨리 그런 날이 왔으면 좋겠네요."

비말 차단용 하얀 마스크를 쓴 내가 말했다.

"언젠가 오겠죠."

"그럼, 언젠가 꼭 만납시다."

작년 가을학기에 시민회관에서 희곡 읽기를 들었다. 세계명작의 희곡을 사람들과 돌아가며 읽고, 수업이 끝나면 식사하고, 차를 마시며 이야기를 나누었다. 그 시간은 나의 느슨한 삶을 건드리더니 조금씩 변화시켰다. 그러다 어느 순간 창조적 열기로 바짝 깨어나게 했다. 작품 속 주인공의 운명과 사랑과 이별과 배신과 죽음의 그늘이 가을의 우수를 젖히고 정신적 쾌감과 희열을 만끽하게 했다. 나는 그 희곡들을 통해 내 삶을 객관적으로 보며 겨울을 맞이할 영적 양식을 준비했다.

종강 때 우리는 낭독극을 했다. 그때 난 닐 사이먼의 〈오디션〉의 여배우 지망생 니나 역을 맡았다.

'시간이 지나면 우리 모두 영원히 사라지고, 잊히는 거 아니니? 우리 목소리, 우리의 얼굴, 우리가 누구였는지도 모르게 되는 거지. (……) 우리는 왜 사는 거고, 왜 괴로움을 겪어야 하는가. 나는 그걸 알고 싶어.'

오디션을 보기 위해 육 개월을 기다리고, 나흘을 걸어 오디션장에 온 소녀 니나는 자신의 대사를 읊조리고 무대 밖으로 나가버린다. 니나는 무대 위에서 그 독백을 통해 인생의 답을 알아버린 것일까.

나는 아직도 모르겠다. 지금은 코로나19 때문에 인간이 왜 이토록 고통을 당해야 하는지, 그 답을 알고 싶을 뿐이다.

집에 돌아오니 거실이 써늘하다. 베란다를 거쳐가는 내 방은 온수가 나오고 난방이 되지만, 그의 방은 냉골이다. 그에게 미안해서 보온병의 물을 따라 남편에게 건네고 나도 한 모금 마신다. 집 구조가 미로 같아 베란다를 지나야 내 방으로 갈 수 있다. 그의 방이 있는 거실에 큰 부엌이 있고, 내 쪽엔 작은 간이부엌이 있다. 물을 마시고 남편이 자기 방으로 들어가자, 나는 요즘 보물처럼 아끼는 난로를 그의 방에 갖다주고 내 방으로 온다.

작년 12월에 우리 집 푸르미는 세상을 떠났다. 푸르미는 동물의 예리한 감각으로 세기말의 수상한 공기를 마시고는 자신의 삶을 미리 죽음 쪽으로 조금씩 다가서게 한 것 같다. 자신의 의지대로 먹는 것, 마시는 것을 조절하다가 죽기 며칠 전부터는 아예 아무것도 입에 대지 않았다. 나는 남대문시장에서 산 붉은색 예쁜 옷을 입혀주고는 계속 쓰다듬어 주었다.

푸르미가 세상을 떠나자 집 안은 적막하고 쓸쓸했다. 함께 살았던 존재가 사라져 버리자, 나는 중심을 잃어버린 듯 허우적댔다. 정신이 흐릿하고 무얼 하고자 하는 의지와 의욕이 달아나 버렸다. 오랜 시간 함께 살아온 소중

한 생명이 흙으로 변해버린다는 것은 언젠가의 죽음을 앞두고 살아가는 존재에겐 사는 것 자체가 허무하다. 어느 날 내 눈앞에서 사라진 사랑하는 대상은 문득문득 어떤 기억과 추억 속에서 살아나 가슴으로 스며든다.

다리가 불편한 나는 산책을 잘 하지 않기 때문에 푸르미는 남편과 가끔 산책했다. 그것이 죄의식이 되어 가슴을 콕콕 찌른다. 푸르미는 거실 모퉁이에 그림처럼 앉아 있다가 자기가 좋아하는 치즈나 과일을 먹으면 냄새를 맡고 다가와 꼬리를 흔들었다. 그렇게 그늘 속에서 자신의 삶을 살다가 가버렸다.

날씨 좋은 날, 뜰의 사철나무 잎마다 햇빛이 반짝거릴 때, 나는 잡초를 뽑고 물을 주고 뜰을 가꾸었다. 푸르미는 2층에서 껑충껑충 층계를 내려와 집 앞에서 어정거리다 뜰로 들어와 흐뭇한 얼굴로 나를 바라보곤 했다. 푸르미는 창가의 장미나무를 뭔가에 끌리는 듯한 호기심 어린 눈빛으로 보았다. 지금 생각하면 자신의 죽은 몸을 덮어 줄 땅이라는 것을 직감으로 알고 있었던 것 같다.

작년 가을이었다.

가느다란 비가 촉촉하게 땅을 적시는 날, 난 화순에 내려가 인부들과 함께 부모님 산소에서 이장하고 있었다. 삶의 허무함과 슬픔이 빗방울이 되어 온몸으로 눈물처럼 흘러내렸다. 그때 그 시간에 푸르미도 나의 찬방에서 꺼이꺼이 울었다고 도우미 아주머니가 말했다. 우린 무덤 덤한 사이로 지냈지만, 가슴 밑바닥에선 끊을 수 없는 혼(魂)이 통하고 있었다.

나는 그 애를 화장하고 뼛가루를 뜰의 햇볕 잘 드는 창문 쪽 일곱 그루의 색색 장미나무 밑에 뿌리고 나서 흙을 덮어주었다.

푸르미가 무지개다리를 건너자, 허한 몸과 마음으로 독감이 찾아왔다. 나의 의지하고는 관계없이 어떤 강력한 손길이 어딘지 어두컴컴한 곳으로 끌고 가는 듯했다. 2020년의 무언가 흐릿한 공기의 낌새가 수상했다. 차고 거친 바람이 불어대다 때때로 부드러운 햇살이 비쳤다. 말간 햇살이 비치면 사는 것이 슬펐다. 그러다 황량하고 변덕스러운 추운 공기가 대기를 내리눌렀다. 나는 집에서도 두툼한 목도리를 두르고 따뜻한 물을 자주 마시고 잘 먹고 잘 쉬었지만 소용이 없었다. 자고 일어나면 팔목에 가는 실핏줄이 쫙 그어져 있었고, 곧 피라도 날 것처럼 움푹 패는 날도 있었다. 면역력이 떨어졌을 때 보내는 몸의 신호였다.

병원에 가서 감기 처방을 받고 링거를 맞았다. 효과가 없었다. 일주일 뒤 또 병원에 가서 링거를 맞았지만 그때

뿐이었다. 참고 또 견뎌야만 간신히 이어갈 수 있는 어둑한 그림자 같은 날들이 흐르고 있었다.

중국 우한에서 코로나19 바이러스가 건너왔다.

내가 쇠약한 몸과 싸우고 있을 때, 예상치 않은 바이러스가 이 땅에 쳐들어와 무섭게 기세를 확장하기 시작했다. 보이지 않는 것이 점점 퍼져 인간을 죽음으로 몰아넣고 공포와 두려움 속에 떨게 했다. 학교는 휴교를 했고, 도서관은 문을 닫았다. 남편이 나가는 교수 모임의 포럼도 열지 않았다. 크고 작은 모임은 기약할 수 없는 언젠가의 앞날로 연기되었다. 이 세계와 사회의 굳건한 체제와 시스템을 한 방에 뒤엎어 버리는 바이러스. 어두운 시대의 무력한 감정이 뼛속까지 쳐들어와 모래 위에 지은 집처럼 삶이 위태롭게 느껴졌다.

2.

3월이 되자 부고(訃告)가 날아오기 시작했다. 90세 넘은 친척 한 분이 돌아가시자 자녀들과 그 후손들 스무여 명이 빈소에 모여 위로예배를 드렸다. 젊은이들의 밝고 힘찬 목소리가 병원 빈 복도로 우렁차게 퍼져나갔다.

동네 도서관의 문학 강좌에서 만난 케이의 딸이 그녀의 부고를 문자로 보내왔다. 암이 뇌로 전이되면서 갑자기 세상을 뜨게 되었다고. 케이가 죽었다고? 정말로? 문자를 읽고 나서 베란다로 나가 밖을 보았다. 가랑비가 내리고 있었다. 뭔가가 터질 것 같은, 집도 나무도 길도 축축하게 젖어 있는 잿빛 풍경이다.

케이와 나는 둘만의 문학 모임을 몇 년간 했었다. 일 년에 서너 번 인사동에서 만나 책 얘기 하고 서로의 글을 읽은 소감을 나누고 돌아다니며 쇼핑하고 식사했다. 나는 그가 문학을 사랑하는 그 열정적인 모습에 끌렸다. 그가 아름다울 때는 스스로 취해 감동받은 책을 얘기할 때였다. '외치는 소리가 지나가고 나면 햇빛 아래로 침묵이 다시 내려앉는다.' 그는 책을 펴 카뮈의 〈알제의 여름〉 한 구절을 읽어주기도 했다. 알제의 태양, 빛, 바다에 대해 말할 때는 별빛처럼 눈빛이 초롱초롱하게 빛났다. 나는 문학을 사랑하는 그의 모습에 빨려들곤 했다. 책을 읽고 글을 쓰고 앞날을 꿈꾸는 그의 향기 나는 창조적 삶이 사람을 매혹시켰다. 나는 그에게서 예술만이 풍기는 생명의 냄새를 맡았다. 그는 언젠가 '신의 빛과 함께하기를!' 하고 이름과 함께 사인한 책을 웃으며 내게 선물하기도 했다. 어느 날 나는 말했다. 우리의 관계가 아름답다고. 그때

그는 우리의 관계가 평안하다고 덤덤하게 표현했다.

이제 아름답고 평안한 시절은 허무한 잿빛 공간 너머 어디로 사라져 버리고 꿈결처럼 아득하다. 그는 나로서는 풀 수 없는 의문을 남기고 세상을 떠나버렸다. 암세포가 뇌로 전이됐을 무렵, 그는 우리의 인연은 이것으로 끝이라고 문자를 보내왔다. 무엇이, 그 무엇이 너와 나의 견고한 아름다운 세월을 순식간에 무참하게 무너뜨릴 수 있을까. 창조의 불꽃을 타오르게 했던 친구의 죽음, 아름답지만 슬픈 기억 속으로 빠져들게 한다.

친구는 가을의 물든 나무색 같은 갈색 옷을 즐겨 입었다. 겨울을 맞이할 쓸쓸한 나무 같은 아득한 심정으로 말하곤 했다. "정신적으로나 육체적으로나 너무 힘들어요. 뭔지 잡힐 듯하지만 잡혀지지 않아요. 그냥 컴컴한 곳으로 끌려가는 것 같아요. 이상하게 집에 있으면 목마름, 갈증이 더 심해져요. 산사에 자주 가는 것은 그런 갈증 때문예요." 그때 친구의 가슴팍엔 암세포가 자라고 있었을 것이다.

봄날들이 그냥 흘러만 가고 있다.

벚꽃은 홀로 피었다 지고, 목련은 보는 사람이 없어 홀로 피었다 쓸쓸하게 떨어진다. 봄은 왔지만, 봄 같지가 않은 날들이다. 단순한 하루하루인데 시간은 여전히 잘

간다.

나는 자주 뜰로 내려가 앙상한 장미나무를 보며 중얼거린다. 푸르마! 넌 좋을 때 갔어. 지금 살아 있다면, 무척 힘들었을 거야.

남편이 산책하기 위해 현관으로 나간다. 그는 하루에 한 번은 꼭 밖으로 나간다. 나는 식탁 앞에 앉아 차를 마시며 창백한 얼굴로 그를 본다. 그가 의아한 듯 나를 실눈으로 보고선 문을 닫는다. 푸르미와 케이가 죽고 나자 살아 있는 자체가 허무하다. 갑자기 바이러스가 떠돌고 있을 것 같은 수상한 공기를 들이마신 것처럼 마음이 불안해진다. 어디선가 어두운 기운이 몰려드는 것을 느낀다. 기다렸다는 듯이 나를 해치려는 뭉치 같은 것이 밀려온다. 우울증이 어떤 때는 헛것으로, 어떤 때는 희끄무레한 형체로 변해 압박해 온다. 나는 나도 모르는 사람으로 변해가고 있다. 죽음과 같은 우울의 깊은 늪 속으로 빠져들고 있다. 물러가! 물러가! 나는 두 손을 들고 허공중의 어떤 어두운 것, 보이지 않는 바이러스 같은 것, 나를 넘어뜨리려는 악마와 같은 것을 밀어내는 시늉을 한다. 헛것과의, 우울증과의 싸움을 할수록 나는 기진해 간다. 코로나바이러스가 무서운 것이 아니라, 나의 이 두 개로 나누어진 분열이 더 두렵고 무섭다.

나는 난로를 가지고 피난 가듯 베란다로 나간다. 구름 속에서 해가 나타나 베란다를 갑자기 빛으로 덮어버린다. 나는 빛 속에 감겨들어 웅크려진 몸을 펴고, 빛을 밟으며 왔다 갔다 한다. 왜 케이는 그렇게 쉽게 인연을 끊어버린 것일까. 왜 그렇게 빨리 세상을 떠나버린 것일까. 나는 빈 집에 혼자 남아 빛 속에 잠겨 있다. 이때, 내 속의 어둑한 정체, 우울한 마음을 내쫓기 위해 습관처럼 중얼거린다. 코로나 시절이라고, 난 병원에 있는 케이를 문병 가지 않았어. 내 중심적으로 나도 생각한 거야. 암세포가 뇌로 전이되어 제정신이 아니었을 거야. 암세포는 무자비하게 배로 마구 불어나지 않는가. 악한 암의 파괴력에 그의 선한 마음은 짓밟혀 버렸을 거야. 난 케이를 받아들여야 했어. 난 하나도 변한 게 없다고, 오해라고. 모든 게 오해라고. 꼭 이 말을 해야 했어.

늦은 저녁에 남편이 내 방으로 왔다. 그가 책장 옆에 펴 놓은 이부자리에 눕는다. 종일 추운 방에서 지낸 그가 안 쓰럽기도 하다. 나는 아직 잠잘 생각이 없지만 잠옷으로 갈아입고 그의 옆에 눕는다. 지난날 그와 함께한 밤들의 갖가지 기억과 추억이 밀려와 지금 현재의 그의 모습 앞에 멈춘다. 그는 어느새 흰머리가 희끗희끗하고 배불뚝이가 되었다. 젊은 날 낯선 호텔방에 누워 있는 듯한 아련한 느낌이 지나간다. 세월이 너무 빠르다. 우리는 이렇게 낯설고 생경한 코로나 시절에 낯선 손님처럼 누워 있다.

"자기는 코로나 시대에 뭘 느껴?"

내가 침묵을 깨고 묻는다.

"인간의 죄 때문에 고통을 당하고 있다고 생각해. 자기는?"

"신이 새로운 판을 짜고 있다고 생각해."

"어떤 판?"

"먼저 잘못된 것들을 바로잡아야지. 앞으로 우리는 다른 세상을 살아가게 될 거야."

"응. 그럴 거야."

"난 지금이 초현실세계 같아. 코로나가 원수처럼 느껴져. 인간세상을 한번에 이렇게 다 엎어버리다니……."

"음. 그래."

그의 말이 점점 짧아지고 있다.

"뭐가 그래?"

"그냥 그래."

말과 말 사이의 침묵 속에 잠이 찾아오고 있다. 젊은 날에 스위스나 독일에서 함께 묵었던 유럽의 호텔방에 감돌던 설렘, 열기는 어디로 사라져 버린 것일까. 이국의 낯선 호텔방 창가에 서서 젊은이들이 몰려다니는 불빛 환한 뒷골목을 보면 앞날의 꿈이 어른거렸다.

그가 고운 숨을 쉬다가 거친 숨소리와 함께 드르릉 코를 곤다. 각자 자기 방에서 자고 싶을 때 자다가 이렇게 함께 자는 것은 두꺼운 마스크를 쓰는 것보다 더 답답하다. 그동안 우리는 서로를 모르고 그냥 자기 삶에 취한 채 살아온 게 아닐까?

나는 오래전 젊은 날처럼 그가 잠이 들자 눈을 떠 바로 그 옆에서 또 다른 공간의 또 다른 대상을 그리워하기 시작한다. 젊은 날의 목마름, 갈증, 그리움에서 싹이 터 커져가는 그 대상은 누구였을까? 팔랑개비처럼 가볍고, 변덕이 죽 끓듯 믿을 것 하나 없는 인간들을 거쳤다. 지금은 신(神) 앞에서 문을 두들기고 있다. 나는 궁금한 것, 알고 싶은 것을 내 안에, 아니 내 앞에 있는 신에게 묻는다. 서로 사랑하라고 말했는데, 왜 우리는 서로 떨어져 있어야 서로를 지킬 수 있는지, 어떤 새로운 세상을 준비하기 위해 이렇게 고독하고 외로운 날들을 보내야 하는지 묻는다.

케이는 왜 마음이 돌변한 것일까. 매듭을 풀지 않은 일이 거센 파도처럼 갑자기 밀려오기 시작한다. 어떤 어둠, 어떤 혼동 속으로 빠져든다. 친구가 빠져들었던 것 같은 어둠이 아니라 죄의식으로 감겨져 있는 듯한 우울한 어둠이다. 남편의 코 고는 소리 사이사이로 나의 신음 소리가 새어 나온다. 코로나바이러스는 눈에 보이지 않고, 나를 위협하는 우울증의 증상도 눈에 보이지 않는다. 나의 삶을 파괴적인 데로 마구 끌고 가는 것을 느낄 뿐이다. 도와 주세요. 나는 나지막한 소리로 역시 보이지 않는 신에게 말한다. 신은 침묵하고 있다.

케이는 열정과 꿈으로 아름답게 쌓아온 우정의 탑을 부숴 버렸다. 암세포가 무섭게 뇌로 확장되어 가고 있을 무렵, 나에 대한 케이의 태도가 돌변했다. 어느 날 나는 그에게 문자를 보냈다. '나 지금 지하철 타고 사당을 지나고 있어요.' 그러자 케이가 답장을 보냈다. '사당에 있든, 아니든 그게 나와 무슨 상관이 있어요?' 나는 그의 문자에 너무 당황했다. 그 뒤 얼마 있다 케이한테 전화가 왔다. 수화기를 들고 "여보세요". 그녀의 목소리가 들리더니 혼선으로 또 다른 목소리가 끼어들었다. 나는 수화기를 얼른 내려놓았다. 그 뒤 케이가 문자를 보내왔다. 내가 일부러 자기를 피하고 있다고. 우리의 관계는 이것으로 인연이 다한 것 같다고. 그게 우리의 마지막이었다.

그가 세상을 떠난 후 나는 미처 하지 못한 말을 혼자 읊조렸다. 그건 오해예요. 미안해요. 당신을 만나러 병원에 가고 싶었는데, 코로나 때문에 미루다가, 그만…… 미안해요. 용서해요…….

남편의 코 고는 소리가 큰 파도 소리처럼 들려온다. 한밤중에 그와 나 사이는 '사회적 거리두기'보다 더 멀고 아득하게 떨어져 있다. 요즘 공기처럼 익숙한 '침묵'이란 말처럼 익숙한 '고독'이란 말이 온몸을 휘감아 버린다. 어둠이 짙어가는 밤이면 나는 더욱 불안해진다. 폐허의 들판에 어디 하나 의지할 데 없이 뿌리째 곧 뽑힐 듯한 한 그루의 나무가 된다. 나는 어두운 영과 신의 따스한 손길 사이의 경계에서 잠 속으로 빠져든다.

3.

매일 미국과 유럽의 사망자 수는 급격하게 불어나고 나는 안개처럼 퍼져가는 고통 속으로 잠겨든다. 어떤 불안한 공기, 죽어가는 사람들의 헐떡거리는 가쁜 숨소리, 생명이 떠나려는 순간의 눈물, 아픔 같은 것이 무겁게 가슴을 누른다. 코로나바이러스, 죽음과 허무가 한데 뭉쳐져 있는 말 같다. 하늘과 땅과 바다와 산과 나무들의 신선한 것들에 이어져 있는 존귀한 생명들이 하루에도 수천 명씩 죽어가고 있다. 어느 순간 눈물방울이 뺨 위로 떨어져 내리는 것을 타인처럼 바라본다.

그 아득한 순간이 지나면, 그것보다 더 밝은 기운이 맑
아진 공기와 하늘에서 퍼져가는 것을 느낀다. 이 두 가지
가 교차하는 허무한 날들 속에서 시간은 더 빨리 질주하
고 있다.

햇빛이 유난히 반짝거려서 사람을 설레게 하는 날이다.

나는 식탁에 앉아 차를 마시며 신문을 보고 있다. 남편
이 나를 보고 씩 웃으며 산책하고 올게, 하고 말한다. 나
는 그가 바깥 공기를 마시며 돌아다니는 것이 부럽다. 응,
갔다 와, 하고 말한 뒤 나는 기다렸다는 듯이 난로를 가
지고 나만의 자리, 베란다 빛 속으로 출근한다. 광대한 것
을 그리워하며 하늘을 본다. 전깃줄에 앉은 새들이 휙 날
아간다. 어디선지 아이들의 말간 목소리가 들려온다. 옆
집 뜰엔 파릇파릇 대파가 자라고 있고, 하얀 구름 떼가 떠
있는 맑고 푸른 하늘이 오늘따라 숨겨진 보물처럼 느껴진
다. 마스크를 쓴 어린아이와 어머니가 지나가고 있다. 마
스크를 쓴 아이가 기특해 머리라도 쓰다듬어 주고 싶다.
두 사람이 보이지 않자, 나는 다시 하늘을 올려다본다. 하
늘은 지금 전 세계 사람들이 마스크 쓰고 살아가는 이상
하고 괴기하고 절망스러운 일들을 지켜보고 있다.

베란다의 햇빛 속을 왔다 갔다 하며 화분의 식물들을

보고 있는데 전화벨이 울린다. 언니다.

"어떻게 지내요?"

"밖에 나가면 길에 사람이 없어야. 사는 게 무섭다! 악한 것이 공중에서 왔어야. 그게 사람을 불안하게 해."

언니는 며칠 전에도 사는 게 무섭다고 말했다. 사는 게 쓸쓸하고 우울하다고 했다.

"세상 돌아가는 게 너무 이상해요."

"네가 보낸 자연산 전복 있잖아, 껍데기가 너무 예뻐. 깨끗이 씻어 유리상자에 넣어두었어. 자주 작업실에 내려가서 보곤 해. 방금도 보고 올라왔어."

언니는 내가 얼마 전에 보낸 전복 얘기를 지난번에 했는데 또 한다. 이 수상한 시절에 화가인 언니는 작품의 열정을 불러일으키는 오브제에 마음을 쏟는다.

"뭐가 그리 예뻐요?"

"색깔이 오묘하고 형체가 신비스러워. 어떻게 물속에서 저렇게 단단한 껍데기가 나올 수 있을까? 물속에서 어떻게 저런 색깔이 나올 수 있을까? 구조가 완벽해. 움푹 팬 뚫린 곳이 다 신기해. 분위기가 있어 힘이 돼. 보고 있으면 무언가 감각이 살아나. 전복도 이번에 처음 먹어봤어."

"작년에도 내가 보내주었는데? 나랑 음식점에서도 여

러 번 먹었는데요."

"생각이 안 나야. 데생 전시회를 준비해야 하는데, 마음대로 잘 안 돼야."

언니의 기억력은 안개 속에서 멀어져 가는 희미한 대상처럼 점점 아득해지고 있다.

길에 사람이 없어 무섭다고 말한 뒤부터 언니의 기억력은 더 흐릿해지고 있는 것 같다. 언니는 일생을 그림 하나만 붙잡고 살았다. 그만큼 세상물정을 모르고 그림 외에는 모든 게 서투르다. 일상이 햇빛 속에서 빨래 마르듯 좋은 기운을 구석구석 보내줘야 하는데, 그 일상이 비틀거리고 있다. 반사적으로 자신의 가능성을 다시 살릴 수 있는 아름다운 대상에 눈을 돌리고 있다.

다음 날 황량한 바람이 허한 가슴으로 마구 불어댔다.

나는 단조로운 나날에서 탈출하듯 언니한테 전화를 걸었다.

"언니, 요즘은 강박관념처럼 자꾸만 내가 전에 잘못했던 게 생각이 나."

나는 의사 앞의 환자처럼 나의 답답한 심정을 털어놓는다.

"그게 뭔데?"

"지난달 코로나가 시작되었을 때, 사람들은 불안해서

꼼짝도 하지 않았지. 방콕하고 있을 때였어. 그때 친구 케이가 죽었어. 죽기 전에 병원에 꼭 가봐야 했는데, 그러지 못했어. 그 애는 내가 자기를 멀리한다고 생각하고 있었는데, 그 오해를 풀지도 못했어. 그 애는 비극적인 각본을 써놓고 스스로 외롭고 쓸쓸하고 황량한 쪽으로 자신을 몰고 갔어. 늘 사는 게 목마르다고 했어. 갈증을 풀지도 못하고 가버렸어."

"사람은 누구나 다 자기의 운명을 스스로 만들어 가며 살고 있어야."

언니는 무뚝뚝한 의사처럼 짧게 말한다.

"코로나 때문에 전 세계에서 너무 많은 사람이 죽어가고 있어. 죽음이 우리 가까이 바짝 다가와 있는 느낌이야. 코로나가 인간의 삶을 들었다 놨다 하고 있으니, 너무 무력해지는 느낌이야."

"내가 전복 껍질을 보며 감각이 살아나듯, 너도 뭔가에 빠져야 해. 뭔가에 미쳐야 해. 그래야 전염병을 이겨낼 수 있어."

우울증에 걸린 두 자매가 어느 날은 동생이 의사가 되고 언니는 환자가 된다. 다음 날은 또 역할이 바뀐다. 자매는 서로를 비추는 거울이다.

4.

　코로나 블루, 이 신종 우울증은 자신의 어긋난 일상이 삐거덕거려 생기는 그런 우울이 아니다. 전 우주적이고 지구적이며 종말론적인 신의 입김이 서려 있는 그런 미묘한 우울이다. 죽음이 매일매일 바짝 가까이 다가와 서성거리고 있는 듯, 죽음과 삶 사이에 생긴 '코로나 블루'가 하나의 존재처럼 여겨지기도 한다. 이 잔인한 바이러스와 싸우기 위해 햇볕만 나면 베란다로 출근해 문을 열고 빛 속에서 노닌다. 햇빛과 언니와 신. 내가 찾은 코로나 시절의 탈출구이다. 열심히 빛과 놀고 언니와 말을 섞으며 억눌린 감정을 털어놓는다. 신 앞에서 열심히 문을 두들긴다. 성실한 학생처럼 손을 자주 씻고, 나갈 때는 마스크를 쓰지만, 이상기후로 일어나는 세기말적인 현상들이 슬프다.

　나는 날마다 우울증과 싸우며 지쳐가고 있다. 푸르미가 죽고 나서 본격적으로 시작된 우울증이 코로나바이러스로 더욱 깊어간다. 케이의 죽음은 그 위에 불을 지핀 격이다.

　나는 우울의 늪에 갇혀 있는 나를 내버려 두지 않는다. 보다 환한 것, 아름다운 것, 향기 나는 것을 보며 시든 영혼이 피어나길 바란다. 나는 매일 베란다로 나가 유리문을 열고 하늘을 본다. 하얀 구름송이들이 어디론지 흘러가고 있다. 새들이 나뭇가지에 앉아 있다. 저 구름과 새들에 신의 손길이 어려 있는 듯한 환희가 밀려온다.

다음 날은 곧 비라도 올 듯한 찌뿌둥한 날씨다.

뭔가 속에서 켜켜이 쌓인 것들이 솟구쳐 오를 것만 같은 불안한 마음에 휩싸인다. 그동안 자신을 지탱케 해준 인내와 절제라는 말은 비웃듯 사라져 버리고, 어두운 기운이 달려들어 다 뒤집어 엎어버리고 파멸로 이끌고 가는 것 같다. 나는 탈출구를 찾을 심정으로 언니에게 전화한다.

"언니, 요즘 감정 변화가 너무 심해. 어제는 좋았는데, 오늘은 우울해. 내 속에 두 개의 존재가 들어 있는 것 같아. 나 혼자 있을 때 자주 헛말이 나와. 이러다 미치는 거 아닐까?"

"넌 열심히 너를 환하게 해줄 대상을 찾고 있잖아."

"응, 그래요. 햇빛을 좋아하고, 꽃을 좋아하고, 기도하고…… 다 공짜예요. 코로나 시절에 이보다 더 좋은 치료제가 있나요?"

"사람들이 집에 머무는 시간이 많아지니까, 모두 예민해져서 그래. 이럴 때는 누구 건드리면 안 돼. 까딱 잘못

하면 원수 돼."

"언니, 난 우울증과 싸우고 있다니까요."

"다 코로나 탓이잖아. 눈에 보이지도 않고, 한 방 칠 수도 없고. 코로나일구가 괴물이지."

"그럼, 코로나이십은 괴물이 아닌가요?"

"그때 가봐야 알지. 인간이 무얼 알 수 있어. 보이지 않은 바이러스에게도 질질 끌려다니는데. 요즘은 이상한 사람이 많아. 혼자 멍하니 허공만 보는 사람, 하루 종일 입도 뻥긋하지 않은 사람, 사람 보길 짐승 보듯 하는 사람, 끙끙 가슴앓이하는 사람. 넌 건강해질 거야. 빨리 온전하게 되길 바랄게."

듣고 보니 말이 이상하다.

"그럼, 내가 온전하지 않단 말인가요? 내가 어딘가 이상하게 보여요?"

"그게 아니고, 요즘은 다들 온전하게 살기가 너무 어려워서 하는 말이야. 까딱 잘못하면 미치기가 쉬운 세상이잖아."

나는 환자에서 갑자기 의사 입장으로 돌변해 언니를 추궁하기 시작한다.

"언니, 요즘 동네 공원 산책해요?"

"아니. 그것이 어려워야."

"텔레비전은 그만 보고 햇빛 날 때 산책하라고 말했잖아요."

"공원 입장하려면 마스크를 써야 하는데, 숨이 막혀야. 넌 내 선생처럼 뭐든지 가르치려고 해야. 어렸을 때부터 나를 언니로 안 대하고 꼭 토를 달았어. 지금도 그렇고. 이상한 건 그래서 서로 통하나 봐."

"그러게요."

서로에 대한 관심과 애정이 이 이상한 시절을 감당할 수 있게 한다. 메말라 가는 마음에 나를 흔들어 줄 한마디 말이라도 듣고 싶으면 언니에게 전화한다. 일생 그림 그리며 살아온 언니는 솟구치는 영감과 상상의 힘으로 작업을 했다. 일찍이 자신의 꿈을 위해 스스로 자가격리한 언니가 이 코로나 시절엔 나의 스승처럼 느껴진다.

5.

집수리가 끝나자, 남편은 전처럼 자기 방에서 책을 읽고 글을 쓰며 지낸다. 전에는 친구들도 만나고, 도서관도 자주 갔다. 그가 집에만 있는데도 우리 둘을 더 강하게 결속시켜 주는 뭔가가 있다. 죽음이 사방에서 얼씬거리는 이때, 도리어 삶의 공허함과 허무함으로 가장 가까운 사람을 있는 그대로 받아들이고 있는 나 자신을 본다.

미국에선 하루에 사망자가 2,000명이고, 남미에선 새로운 팬데믹이 시작되고 있다. 죽음이 그림자처럼 가까이 따라다니는 날들, 허무와 공포가 온 지구를 잿빛으로 누르고 있다.

아침 햇빛 날 때 베란다로 열심히 출근하는 어느 날이었다. 먼 데서 온 맑은 햇살이 베란다를 환하게 비춰주고 있다. 그 햇살줄기에 싸여 붉은색 공작선인장 꽃봉오리 두 개 중 하나가 피어 있다. 지난 3주간 수리하느라 베란다에 가구들이 쌓아져 있어 잘 들여다보지 않았는데. 이렇게 불타오르는 듯한 열정적인 모습으로 나타난 것이다.

나는 한지붕 밑의 남편에게 문자를 보냈다.

'아침에 베란다에 가보니, 선인장 꽃이 피어 있어요. 마치 이때를 기다리고 있었다는 듯이, 가장 우울한 시절에 가장 화사한 모습으로. 근 십 년 만에 저렇게 화사하고 기운이 넘치는 강력한 붉은색으로 피어났어요.'

꽃 사진과 함께 문자를 보내고 나서 미국과 유럽의 코로나 소식을 들여다보고 있는데, 그가 새로 도배한 자신의 방에서 카톡을 보내왔다.

'며칠 전부터 불그레한 꽃망울이 솟아오르더니, 오늘

아침에 드디어 불꽃처럼 선인장 꽃이 피었네요. 물도 별로 필요치 않고, 공기와 햇빛의 힘으로 긴 인고의 세월 동안 밤낮으로 쌓은 내공으로 저렇게 불꽃 같은 꽃을 피웠어요.'

'지금 코로나 시절의 불꽃은 뭘까요?'

'인내, 절제와 같은 덕목들로 전염병을 이기는 것. 선인장 꽃처럼 적게 가지면서 찬란하게 피어나는 것, 그리고 저 꽃처럼 기다리는 것…… 글로리아 공작선인장, 영광의 꽃!'

맑은 주말의 오후다.

나는 추억이 잠긴 뜰로 내려간다. 창가로 심어진 일곱 그루의 장미나무가 아침 햇살에 반짝거리고, 이제 막 피기 시작한 하얀색과 붉은색, 분홍빛의 장미꽃이 반갑다고 바람에 살랑거린다. 푸르미의 살과 뼈와 마음이 담겨 있는 장미향이 밀려온다. 나는 담벼락의 감나무와 모과나무를 둘러보고 장미나무 옆으로 기다랗게 심어져 있는 고추와 상추와 치커리 모종에 흙을 덮어주고 나서 빗자루를 갖고 밖으로 나가 비질을 한다. 비질을 마칠 때쯤 남편이 2층에서 내려왔다.

나는 남편의 팔을 잡고 햇살이 드리운 길을 걸어간다. 우리는 마스크를 쓰고 말없이 걷는다.

"오늘은 어느 쪽으로 산책할까?"

남편이 나를 보며 묻는다.

"가까운 양재천으로 오리 새끼 보러 가요. 꿈에 봤거든."

어젯밤 꿈이었다. 밤색 어미오리가 갈대늪가로 헤엄치며 떠다니고 있었다. 귀여운 오리 새끼들은 어미오리 가는 대로 물 위로 떠다녔다. 꿈에서 깨어나자 불그레한 아침 햇살 속에서 새로운 날이 두 손을 활짝 펴고 나를 반기고 있었다.

"꿈에 오리 새끼 보면 새로운 삶이 시작되는 거래. 무슨 좋은 일이 생길 건가 봐."

"그런가 봐."

나는 그의 팔을 잡고 양재천의 귀여운 오리 새끼들을 보러 한 걸음 한 걸음 걸어간다. 동네 집집마다 갖가지 꽃나무들과 담벼락의 새빨간 줄장미들이 사방으로 싱그러운 기운을 퍼뜨리고 있다.

4월의 독백

김

경

김경

2000년 《월간문학》 등단. 2012년 중편소설 〈게임, 그림자 사랑〉으로 제37회
〈한국소설문학상〉, 2017년 소설집 《다시 그 자리》로 제13회 〈만우박영준문
학상〉 수상. 소설집 《얼음벌레》, 《다시 그 자리》, 《게임, 그림자 사랑》, 장편소설
《페르소나의 유혹》이 있다.

어때? 사는 게 그렇지? 흔들려? 무미건조해? 딱 멈추면 어떨까?

스톱! 여기까지만. 더 귀를 기울여 봐야 거기서 거기인 말만 계속될 게 뻔합니다. 물론 대꾸할 의무도 없지요. 게다가 목적지가 저만치 희미하게 보이기 시작합니다. 목적지에 닿기 전에 머릿속을 말끔하게 비우고도 싶습니다.

사는 게 버겁지? 또다시 귓속에서 윙윙거립니다.

나는 참 지지리도 어리석은 인간입니다. 저 목소리를 듣겠다, 듣지 않겠다, 스스로 조종하려고 하다니요. 내 의지와는 철저히 무관한 소리라는 걸 잠깐 망각했습니다. 소리의 비롯이 이명인 것을요. 쌰아아 쌰아아 파도에 씻기는 모래 소리에, 싸그르륵 싸그르륵 바람에 부대끼는 댓잎 소리에, 그리고 떼로 울어대는 매미 소리……. 의식을 갉아대는, 의식을 좀먹는 좀벌레가 이명입니다. 내 의식의 부분부분이 이명을 통해 구멍 납니다. 그런데 말입니다. 문득 한 생각이 머리를 칩니다. 위로받고 싶은 갈망 때문일까요? 참 긍정적인 생각이지요. 이명이 진화하면서 과분한 애정을 말로 과시한 것이라구요.

나는 어제, 아버지와 참담한 영별식을 치렀습니다. 조문객 한 사람 없는 텅 빈 방에서. 아버지는 두꺼운 비닐에 감싸이고, 나는 방호복에 파묻혀 손가락 하나 까딱할 수 없었습니다. 내 온몸이 마비되어 가던 그 순간에도 저 소리가 속삭였습니다. 내 귀가 살아서 내 의식을 깨운 것이지요. 삶을 내던지지 말라고, 멈추지 말라고……. 아, 아버지. 행여 아버지의 목소리였을까요?

아스라이 푸르스름한 색채가 눈에 들어옵니다. 물빛입니다. 그런데 뭔가 이상합니다. 푸르스름한 물빛이라니요. 관념의 허울, 착각이었습니다. 지금 이곳은 사방이 온통 잿빛인데요. 아니, 잿빛이면 어떻고 푸른빛이면 어떻습니까. 나는 바지런히 발을 놀립니다. 저수지와 맞닿은, 구름이 짙게 드리워진 하늘은 곧 폭우라도 쏟을 듯 잔뜩 찌푸

리고 있습니다. 저수지 저 건너편에서 누군가가 손짓을
합니다.

　아버지가 나를 향해 다가옵니다. 맥없이 누워 있던, 동
공이 풀린 시시한 모습이 아닙니다. 무표정한 얼굴이지
만, 한결같이 익숙한 몸놀림으로 성큼성큼 이동합니다.
결코 환영이 아닙니다. 환영이라고 치부하기엔 너무도 생
생한 모습이지요.

　나는 정말 몰랐습니다. 중국 우한발 바이러스니 코로
나19 바이러스니 떠들어도 하잘것없는 것쯤으로 생각했
을 뿐입니다. 온 나라가 초를 다투며 매달리고, 전 세계가
우왕좌왕 설쳐대도 아버지가 직격탄을 맞을 줄은 몰랐지
요. 아버지는 바이러스에 붙잡힌 지 보름 만에 생명의 끈
을 놓아버렸습니다. 아버지의 칠십 평생, 정확히 칠십사
년의 삶을 코로나19 바이러스라는 괴물이 송두리째 삼키
고 말았지요. 현실은 지나치게 비현실적인 상황으로 전환
되면서 또 잔혹한 마각까지 드러냈습니다. 아무리 고심에
고심을 거듭해도 대적할 만한 묘수가 없습니다. 아버지는
훌훌 이승의 옷을 벗고 떠났습니다. 이제 아버지는 이 세
상 어디에도 존재하지 않습니다. 아버지는 오직 죽음 속
에서만 존재합니다. 그리고 아버지의 죽음 속에는 코로나
19 바이러스가 존재합니다. 많지도 적지도 않은, 어정쩡

한 삼십육 년을 이어온 내 삶에서는 죽음도 바이러스도 존재하지 않습니다. 다행인가요? 결정적인 불행은 아버지와 내 삶의 공통분모가 완전히 와해되어 버린 것이지요. 아버지는 저쪽, 나는 이쪽으로 갈라설 수밖에요. 물론 그 사이에 경계선은 있지요. 삶과 죽음의 경계선……. 다행입니다. 아직 아버지와 나는 경계선에 밀접한 각각의 지점에서 서로를 바라볼 수 있으니까요. 언젠가는 한 점의 흔적조차 보이지 않을 만큼 경계선에서 멀어지겠지요. 시나브로 아버지의 죽음과 내 삶은 구체화되고, 공고화되겠지요. 그리고 명확히 이분되겠지요. 이보다 더 황망한 일이 있을까요? 더없이 허전허전합니다. 불현듯 눈보라가 몰아치는 첩첩산중에 내동댕이쳐진 듯합니다. 나는 혼자입니다. 두렵고 무섭습니다. 미래는 내게 불어닥친 형극의 길입니다.

마침내 저수지가 윤곽을 드러냅니다. 흐릿한 시야에 정신까지 흐리마리해지려고 합니다. 눈을 질끈 감았다 떠보고, 심호흡도 몇 차례나 시도해 봅니다. 호흡이 계속 불안정합니다. 높은 습도가 장애일까요? 눈을 홉뜨며 정강이에 힘을 줍니다. 가까워질수록 저수지의 민얼굴이 드러납니다. 마구 휘저어 놓은 흙탕물처럼 칙칙하고 불투명한 물빛. 그래도 나는 만족합니다. 어떻든 저수지의 물이라는 데에 의미를 챙깁니다. 어서 빨리 한 움큼 담뿍, 양손에 움켜쥐어 봐야지요. 왜 나는 그날 그때, 아버지처럼 물속에 손을 담그지 못했던가요? 무슨 배짱으로 잘난 척, 돌처럼 딱딱한 표정으로 떡 버티고 서 있었을까요? 쪼그리고 앉은 아버지 곁에 못 이긴 척 앉았더라면 좋았을 텐데요. 무릎을 꿇고 고개를 숙였더라면……. 되았어, 이놈아. 아버지가 갈퀴손으로 흔쾌히 내 등을 두드려 주었을지도 모르지요.

나는 한 생각을 멈추고, 한 생각을 끄집어 올립니다. 나는 무릎을 살짝 벌리고 물가에 꿇어앉습니다. 손바닥으로 찰싹찰싹 수면을 때리며 아버지를 곁눈질합니다. 온종일 햇빛에 그을린 구릿빛 주름살 얼굴에서 결코 나는 자유롭지 못합니다.

저수지를 한 바퀴 도는 데에 족히 40분이 걸렸다고 기억합니다. 한 바쿠 돌아보자. 앙바듬한 체구의 아버지는 한마디를 내던지고 성큼 앞장을 섰지요. 저수지 돌기는 거역할 수 없는 전초전이었습니다. 아버지는 걷다가 몇 번인가 주저앉아 손에 물을 묻히곤 했지요. 나를 설득하기 위한 전초전만으로도 손에 땀이 났을까요? 분노로 타오르는 가슴에 물이라도 뿌릴 요량이었을까요? 워낙 아버지는 불뚝십지를 부르는 왈왈한 성질의 소유자였지요.

한 바퀴를 거의 다 돈 즈음에 아버지가 풀밭에 털썩 엉덩이를 내렸습니다. 이상하게 그 순간 아버지와 거리감을 유지하고 서 있는 게 영 어색하더군요. 도둑고양이처럼 슬금슬금 아버지 쪽으로 발을 옮겼지요. 아버지의 눈길이 멀리 수면에 가닿아 있더군요. 나도 모르게 아버지의 눈길을 좇다 보니, 평온한 기운이 샘솟았지요. 발끝에서부터 머리끝까지 차올랐지요. 진짜 기분이 좋았습니다. 어린 시절, 염소 새끼를 품에 안고 뭉게구름을 좇던 때처럼 푸근한 느낌이랄까요. 저수지까지 돌고서도 여전히 원점인 상태에서 도저히 야기될 수 없는 야릇한 느낌이었지요. 만일 아버지의 시선이 허공에 머물렀다면 어땠을까요? 그런 느낌은커녕 머릿속이 더 엉망진창으로 엉켰을지도 모르지요. 텅 빈 허공과 꽉 찬 물의 대비……. 물이 지닌 미덕은 그런 것이었습니다. 생각해 보니 날씨까지 발 벗고 나선 만개한 4월이었지요. 눈부신 햇살에 솜털 같은 봄볕이 얼굴을 간질이고, 아름다운 윤슬도 수줍게 반짝거렸습니다. 참, 간사한 내 마음도 한몫을 단단히 했지요. 끈덕진 대치 국면에서도 내 시선은 아버지의 굽은 어깨와 등에 깊이 깊숙이 꽂혔습니다. 괜히 언짢고 쓸쓸하고 서글펐지요. 뜻밖의 복합적인 감정에 휘말려 문득 용기가 솟구쳤습니다. 화해할 수 있는 절호의 기회였지요. 어느새 아버지 곁에 바투 섰습니다. 하지만 급히 쓴 각본은 무대에 오르지 못했습니다. 끝내 나는 응어리진 속내를 풀어내는 데에 실패했지요. 아버지의 물음이 내 고백보다 발 빨랐음이 이유가 될까요?

워째, 한 바쿠 삥 걸어봉께 생각이란 걸 쬐까라도 허게 돼드냐? 해봤어?

툭 내뱉는 아버지의 일성이 허공을 갈랐습니다. 잠잠하던 수면이 금세 변심을 했던가요? 태풍이라도 만난 듯 심하게 요동쳤던가요? 그만 내 심장의 피가 용솟음쳤지요.

생각이라니요? 아버진 내가 그렇게 생각조차 없는 놈으로 보인다, 이겁니까?

뭐여? 맹 뺄지꺼리만 흐고 댕기는 놈이! 말뽄새 조까 보소……. 긍께 니놈은 안 되아. 당최 틀려묵었어. 애비 말꼬리나 잡아싼디 되것어? 니놈한테는 염소도 아까와. 니놈이 염소를 친다문 염소만 불쌍헌 거여.

아버지는 아예 나와 눈도 마주치지 않고 벌떡 일어났습니다. 등을 꼿꼿이 세우고 무슨 축지법이라도 쓰는 모양, 홀연히 앞서 갔습니다. 황망했습니다. 나는 제자리에 서서 망연스레 아버지의 뒷모습만 바라보다가 이내 반대 방향으로 몸을 틀었지요. 냅다 달렸습니다. 아버지를 꼭 닮은 불뚝성이 유죄입니다. 아버지 쪽으로 내달려 아버지의 허리 잡기라도 해봐야 했는데요. 오롯이 뇌리에 각인된 쓸쓸한 그날의 풍경에 가슴이 에입니다. 정녕 그때로 되돌아갈 방법은 없는 걸까요? 되돌아갈 수 없는 그 시간이 잔인한 흉기가 되어 가슴을 후빕니다.

나는 아버지의 말을 묵살하고 마음을 공글리며 집을 떠났습니다. 작정한 길로 들어서 열심히 걸었지요. 하지만 삶은 호락호락 만만치 않았습니다. 변수와 복병이 호시탐탐 나를 노리고 덤볐지요. 한때는 염소를 키워볼까도 생각했습니다. 항상 염소는 제자리를 고수하고 있었으니까요. 그런데 막상 백 마리가 넘는 염소가 눈앞에 아른거리니 더럭 겁부터 났습니다. 먹성이 좋은 염소를 어떻게 상대하지? 그 많은 풀과 사료는? 풀과 사료 더미에 짓눌린 내 몸이 땅바닥에서 운신을 못 했습니다. 나는 스스로를 비하했지요. 백두산 정상에 도전하는 한 마리 개미가 바로 나라는 착각에 빠졌습니다. 하루도 못 쉬고 날파람 나게 일만 하는 아버지가 개미인 것을요. 나는 진저리를 치면서 염소도 닭도 트랙터도 과감하게 포기했습니다. 하릴없는 천둥벌거숭이지요. 아버지의 충고처럼 언제 내가 생각다운 생각을 해봤는지 아리송합니다. 아닙니다. 얼마 전에 분명히 생각이란 걸 제대로 하긴 했는데, 한 발짝 늦었더군요. 생각도 타이밍이 있었지요. WHO의 팬데믹이 선포되면서 우리 여행업계는 급속도로 얼어붙었습니다. 완전한 빙하기에 들어선 겁니다. 생명을 포기하면 몰라도, 이 판국에 관광이라니요. 나라마다 앞장서서 문을 닫은 건 당연한 귀결이지요.

풀이 무성합니다. 벌써 초록이 꽤 짙습니다. 이런 갈매색은 여름빛인데, 봄이 벌써 여름에 밀려났나 봅니다. 물가의 소로가 온통 풀밭입니다. 어디가 어디인지 도무지 길의 양상이 보이지 않습니다. 무릎까지 올라온 풀을 한 무더기 낚아채다가 화들짝 놀랍니다. 손바닥이 쓰립니다. 뻣뻣하고 거칠기가 칼날처럼 위협적입니다. 그동안 사람들의 발길이 뚝 끊겼다는 걸 풀이 알려줍니다. 풀잎마저 예전의 야들야들한 촉감에서 한참 벗어났습니다. 변화, 그 무상이 왠지 쓸쓸합니다. 평소의 나답지 않은 보수적인 정서가 꿈틀거립니다. 풀잎마저 아버지와 나의 일상을 깨뜨립니다. 낯선 세상으로 아버지를 밀어내고, 나를 밀어냅니다. 아닙니다. 퍼뜩 정신이 듭니다. 이미 아버지와 나의 일상은 한 장의 그림 속에 안착할 수 없는 상황입니다. 한 줌 가루로 남은 아버지의 육신이 모든 것을 대변합니다. 그래도 아직은 한 줌 가루인 아버지가 나와 동일한 유기물은 아닌지, 유기체를 구성할 수 있다고 말할 수 있는지……. 나는 도리머리를 합니다. 죄다 부정할 수만 있다면 부정하고 싶을 뿐입니다.

아, 내가 아버지라고 목 놓아 부를 수 있는 아버지의 부재만이 진실입니다. 정확히 52시간 전에는 존재했는데요. 새삼 아버지와 내가 여러 차례나 동행했던 저수지의 풍경이 그립습니다. 보드라운 풀잎은 하늘거리고, 흰 구름은 두둥실 떠다녔는데, 혹 4월이 아니라 3월이었을까요? 그럴 리가 없습니다. 그날, 대문을 나설 때에 만개한 석류꽃의 열렬한 배웅을 받았지요. 그뿐인가요? 마을이 작약꽃밭인지, 작약꽃밭이 마을인지 도통 가늠이 되지 않았지요. 다 무슨 소용입니까. 아버지의 존재가 부정당한 지금은 그 무엇도 아무런 가치가 없습니다.

한쪽으로 길 아닌 길이 있었네요. 누군가가 지나간 흔적이 역력합니다. 위로만 사납게 뻗치던 풀잎들이 짓밟히고 헝클어져 납작납작 누워버렸습니다. 한 사람은 아니고, 두세 사람이 지나간 자국입니다. 그들은 과연 어떤 관계의 사람들일까요? 그들의 발짝 위에 내 발걸음을 보탭니다. 그때는 내 발걸음이 아버지 발짝 위에 더해졌지요.

이 오사럴 놈아, 애비는 너만 믿었어. 나는 말이여, 니를 나허고 띠어서 생각흔 적이 없어. 내가 지금 먼 잇속 땀시 너를 붙잡을라고 흐는 중 아냐? 니가 대학 간다고 헐 때맹키로 붙잡을라고 흐는 것은 아니란 말이여. 그때는 니놈 말맹키로 여길 떠나도 좋다고 생각혔어. 그치만 이젠 아니랑께. 이 애비는 니 한아시가 평생을 애지중지 허던 땅에서 맴생이나 달구새끼만 키우고 살었어도, 후회는 안 혀. 그려, 백 번 양보허자. 연극인가 뭣인가를 허것다드만, 인자 뭐여? 지구를 싸돌아댕기것다고?

아버지, 나는 나대로 살겠다는 것뿐입니다. 난, 아버지도 아니고 염소도 아닙니다.

뭐라고야? 니는 내가 아니라고? 내가 시방 니한테 나 대신 살어달라고 흐냐? 글고, 내가 니한테 맴생이처럼 살라고 흐냐? 너 대학 조까 나왔다고 지금 애비를 갈칠라고 흐냐? 니놈을 진즉 포기혔어야 헌디…….

아버지의 이글거리는 큰 눈이 나를 노려봤습니다. 나는 말갈망을 못해 쩔쩔매다가 분노에 찬 아버지의 눈동자를 보니 뭔가가 괴어올랐지요. 주먹을 불끈 쥐면서 내뱉었습니다.

아버지를 도저히 이해할 수 없어요. 더는 뭐라고 말하지 마세요.

이놈 보소? 워따가 눈을 치떠야? 숫제 애비를 무시하것다 이 말이제?

아버지는 우격다짐의 왕입니다. 엉뚱하게 내 눈까지 걸고넘어졌지요. 아버지와 나의 반목은 뿌리 깊은 역사의 산물입니다. 나는 아버지에게 끌려 다니는 염소가 되느니 차라리 죽겠다는 각오였지요. 인생은 B(Birth)와 D(Death) 사이의 C(Choice)다. 사르트르 선생의 말씀인데, 알겠습니까? 나는 고등학교 사회 선생님의 말에 지나친 공감력을 발휘한 거지요.

니가 시방 니 꼬라지나 봄시로 말흐냐? 피죽도 못 얻어 묵은 놈 면상을 허고선.

나는 그만 발을 멈추고 향방을 놓친 듯 서성거립니다. 울컥, 그리움이 치밉니다. 스산한 바람이 심장을 맴돕니다. 아버지의 노기 띤 고성을 꽉 붙잡아야 합니다. 눈시울이 뜨거워지면서 그만 시야가 뿌옇습니다. 발을 떼다간 자칫 헛디디기 십상이지요. 간신히 한 발 한 발 옮기니 영락없이 허깨비걸음이 나옵니다. 악착같이 나 자신만을 위해 급급했던 나날들. 멧돼지처럼 앞만 보고 돌진해 왔던 시간의 파편들이 사방팔방으로 튑니다. 아무리 눈을 씻어도 아버지는 보이지 않고, 그 대신 보이지 않던 내가 보입니다. 나는 그동안 동면에 빠진 한 마리 곰이었습니다.

저만치 강태공이 보입니다. 괜스레 반가운 마음이 앞서 걸음이 빨라집니다. 아버지 소유의 낚시 도구를 본 적이 있지요.

니 아부지가 강태공들을 참말로 부러워했스야. 근디 낚

싯대 둘러메고 나갈 짬이 나야 말이제. 원체 일복을 타고
난 양반이랑께.

언젠가 창고 구석에 처박힌 낚싯대를 꺼내면서 어머니
가 궁시렁거렸지요. 아마도 지인에게 줄 요량이지 싶었습
니다. 삼각 낚시의자에 앉은 강태공의 뒤태가 한가하고
여유로워 보입니다. 붕어의 입질을 기다리는 세 개의 낚
싯대가 눈길을 끕니다. 붉은색 찌는 얼른 눈에 잡히지 않
고, 왠지 강태공의 뒤태에만 자꾸 눈이 갑니다. 아버지?
일순간 가슴이 마구 떨립니다. 뭐가 뭔지 시야가 흐트러
지면서 눈이 시려옵니다. 혹시 저 강태공은 허상인가요?
나는 강태공에게서 시선을 거둡니다. 강태공이 아니라 아
버지가 허상입니다.

이미 아버지는 존재 밖으로 떠났습니다. 아닙니다. 존
재와 부재의 경계선에 머물러 있습니다. 아닙니다. 존재
밖에 발을 담갔음에도 존재합니다. 확실히 인정합니다.
아버지와 달리 존재하면서도 존재하지 않는 실상들이 널
려 있습니다. 코로나19 바이러스 시대의 풍경이지요.

H여행사의 출입문을 밀고 들어섰습니다. 익숙한 실내
의 구조나 집기에도 불구하고, 왠지 썰렁했습니다. 싸한
느낌이 팽배하다 못해 강력한 펀치에 가슴이라도 기습 강

타당한 느낌이랄까요. 종아리에 힘이 풀려 하마터면 고꾸라질 뻔했지요. 직전에 들른 S여행사나 K여행사에서는 전혀 감지하지 못한 상황으로, 암튼 충격적이었습니다. 마지막 남은 한 가닥 동아줄이 뚝 끊긴 것입니다. 실로 몸이 바짝 마른 대추처럼 쭈글쭈글 쪼그라드는 느낌마저 들었지요. K여행사에는 세 사람이 띄엄띄엄 자리를 지키고 있었는데, 둘은 가이드인 나와 비슷한 처지의 버스기사였습니다. 정식 직원이 아닌 내방객이었지요. H여행사에는 오 팀장 한 사람만 덩그러니 앉아 있었습니다. 오 팀장과 나는 코로나 시대 악수로 주먹을 맞대며 어색한 미소를 날렸지요. 나는 마스크를 벗고 믹스커피를 홀짝였습니다. 커피는 혀가 데일 정도로 뜨거운데 왜 온몸에 한기가 도는지요. 모니터에 눈을 들이대고 활기에 넘치던 직원들의 부재가 원인일까요? 깔끔이 오 팀장이 부스스한 머리칼을 쓸어 올리며 우물쭈물 말을 아꼈습니다. 나 또한 종이컵만 만지작거렸지요. 구태여 훤히 까발려진 침울한 현실을 되씹을 필요가 없었으니까요. 침묵 속에서 나는 일련의 사태를 나름 정리해 봤습니다. 곳곳이 다 비상이다 해도 우리 업계가 단연 최악이다. 손꼽히는 대형 여행사들이 몇 십억 적자에 허덕인다. 3월에 벌써 해외여행 상품판매가 지난해 같은 기간에 비해 99퍼센트나 급감했다.

업계의 예상 수치는 이번 달도 99.2퍼센트 감소다. 우리나라뿐만 아니라 전 지구촌의 흐름이다. 중간급의 H여행사 역시 문 닫기 일보 직전이다. 꽁꽁 막힌 하늘길…… 나라와 나라를 무슨 수단으로 연결하겠습니까. 코로나19 바이러스의 박멸 외에는 묘책을 찾을 길이 없었습니다. 출구 없는 터널 안에 갇힌 것처럼 암담했지요.

나는 무력감에 빠졌습니다. 문득 '여행'이라는 단어가 영영 사라질지도 모른다는 생각이 들었습니다. 당연히 나는 지금보다 더 확고한 백수의 선두주자가 되겠지요. 내가 H여행사까지 찾아간 이유는 지극히 현실적인 욕구 때문이었습니다. '프리랜서와 특수고용 노동자에게 삼 개월간 매달 50만 원씩 긴급고용안정지원금을 준다.' 정부에서 얼마나 유효한 발표를 했는지요. 소형 여행사들에서 그때그때 일감을 받아온 나는 경력증명서가 필요했지요. 설마? 좀 불안했지만, 서둘러 여기저기 전화를 해댔습니다. 불안감은 적중했지요. 대부분 문을 닫았고, 문이 열린 여행사도 실망스러웠습니다. 직원들이 무급휴직 상태라 증명서를 발급해 줄 사람이 없었지요. 그리고 H여행사마저…… 허탈했습니다. 긴급안정지원금은 그림의 떡이었지요. 여짓거리던 오 팀장이 말문을 텄습니다.

너무 무섭네. 첫 확진자가 나온 게 1월 20일 맞나? 페스

트보다 더 으스스해. 숫제 전쟁이라구. 앞으로 어떻게 살아야 할지, 앞이 캄캄할 뿐이네. 어제, 한국여행업협회 자료 봤나? 지난 달 23일까지 폐업한 국내·국외·일반여행사가 254군데라니…… 정말 상상불허네.

사실입니까? 그럼, 여행업은 완전 초토화된 건가요?

나도 모르게 언성을 높이다가 그만 뻘쭘했습니다. 벌떡 일어났지요. 빈 종이컵을 구겨서 쓰레기통에 넣었습니다.

그래도 민우 씬 행복한 줄 알아. 그동안 비행기 실컷 탔잖아?

창처럼 내륙으로 깊이 파고들었다는 뜻을 지닌 북유럽의 게이랑에르 피요르드가 아른거렸습니다.

와우! 내 심장의 비명 소리 들려? 역시 여행은 힐링이야. 그지? 스트레스가 확 풀리네. 사는 게 뭐 별거냐구. 가슴 떨릴 때, 그러니까 다리 떨리기 전에 실컷 돌아다녀야 한단 말이야.

나긋나긋한 여인의 목소리가 페리호의 갑판에 울려 퍼졌습니다. 회갑여행이라며 인천공항에서부터 왁자하던 네 쌍의 부부 팀 일원이었지요. 일행들은 너나없이 희희낙락 들떠 있었습니다. 언제 보아도 자연의 경이로움이 위대함으로 다가오는 곳이지요. 해발 1,500미터의 산맥들 사이에 자리한, 길이가 16킬로미터에 이르는 게이랑에르 피요르드. 그 아름다운 풍광은 피요르드의 꽃이라 불리기에 손색이 없었지요. 가슴이 탁 트이다 못해 심신이 정화되는 느낌이랄까요. 아니, 육신과 영혼이 새로 태어나는 기분이었지요. 페리는 계속 물살을 가르며 달리고, 절벽 폭포는 끝없이 이어지고……. 햇빛에 반사하는 폭포수마다 제각각 의기양양, 웅장하고 특유한 모습을 표출해 냈습니다. 갑판에 나온 여행객들은 한결같이 환호성을 이어갔지요. 포토 존을 지정해 주고 일행들을 촬영하는데, 난데없이 바람이 불었습니다. 바람은 금세 거센 빗줄기를 불러왔지요. 빗줄기로 반들거리는 선실 유리창 너머로 절벽 빙하가 스러지고, 저 멀리 설산 꼭대기가 내다보였지요. 그 순간 뜬금없이 초라한 한 줄기 폭포수가 눈앞을 가로막았습니다. 폭포는 폭포인데, 미약하기 짝이 없는 가느다란 물줄기. 그 아래에 아버지와 어머니가 차렷자세로 서 있었습니다. 지난해 여름, 어머니의 칠순을 맞아 한탄강가의 재인 폭포에 다녀왔지요. 내가 처음 모신 여행이었습니다.

와따, 영판 좋다. 긍게 저 웅뎅이는 물이 저렁코롬 높은 디서 떨어져갖꼬 생겼는갑다잉? 물빛이 참말로 고와뿌네.

우물가에서 폭포수를 보는 느낌이랄까요. 어머니는 내내 함박웃음을 달고 어린애처럼 들뜬 표정이었지요. 아버지는 주상절리로 솟은 폭포 주위에 더 관심을 보였습니다. 나는 위태롭게 지탱하고 있는 암벽을 보면 아찔한데, 아버지는 즐기시는 것 같았습니다. 초록 나뭇잎이 하늘을 가리는 풍경에서 아버지가 빙그레 얼굴을 풀었지요.

진짜 좋다잉. 나뭇잎 새로 하늘이 손뽀닥맹큼만 보인다잉…….

나는 그 자리에서 부모님의 해외여행을 처음으로 계획했습니다. 물론 게이랑오르 피요르드의 비경이 속한 코스였지요.

북유럽 인솔자로 나선 지가 벌써 삼 년입니다. 코로나 19 바이러스만 횡행하지 않았다면 사 년째인 금년에도 벌써 두 번이나 다녀왔을 겁니다. 다 혜진의 덕이지요. 북유럽 팀의 최고 베테랑인 그녀가 살갑게 다가와 과외 선생을 자처하며 나를 채근했지요.

언제까지 우리나라 주변만 빙빙 돌 건데? 세계일주가 꿈이라며?

듣기 좋은 말로 프리랜서지, 비정규직인 나하곤 그녀는 격이 달랐습니다. 그녀는 최고의 여행사에서 최고의 대우를 받을 만한 전문가였지요. 그녀가 피요르드에 푹 빠진 걸 알아채면서 나도 피요르드와 사랑에 빠졌습니다. 물론 산산한 그녀와의 사랑도 무르익었지요.

빙하 침식 후에 바다가 산으로 들어온 것이라고들 추측한다나? 그러니까 200만 년 전부터 형성되었다는 게지. 얼마나 까마득한 시간인지, 공민우 씬 가늠이 되시나?

물론이지. 왜 그대는 가늠이 안 되실까? 까마득한 시간이라면, 우리가 이미 눈 맞추고 지내던 때지 않나? 행여 하루아침에 인연이 이뤄진다고 아시나? 그녀는 눈을 똥그랗게 뜨면서 내 목에 매달렸지요. 내 답변에 심장이 쿵쿵거린다고 고백하면서 당장 짐을 합치자고 나섰습니다. 그녀의 오피스텔이 내 원룸보다 넓다는 이유로 내 짐이 그녀의 짐에 가뿐히 더해졌지요.

오는 9월 초에 출발하는 북유럽 다섯 나라 코스로 부모님의 여행을 예약했습니다. 그쪽 날씨가 우리나라 10월과 비슷해 여행하기엔 맞춤한 때이지요. 부모님의 생애 최초의 해외여행, 일단 내가 그 팀을 인솔할 예정이었습니다. 그동안 일에 쫓긴 것도 아니면서 부모님에게 너무 무관심했지요. 그러니까 내 삶에만 충실했다는 게 아니고, 가족을 나 몰라라 한 것입니다. 아버지가 죽기 살기로 말리던 연극에 미쳐 대학을 졸업하고서도 정신을 못 차렸지요. 모스크바에서 기를 쓰고 삼 년 동안 아르바이트를 전전했지요. 염소와 논밭을 내팽개치고 연극영화과에 진학

할 때부터 싹수없는 아들로 낙인이 찍혔지요. 아버지와 나 사이에 세워진 담장의 굴레. 쥐똥나무 울타리로 시작되어 콘크리트 담으로, 점점 더 견고해졌지요. 귀국 후 이 년 남짓 연극판에서 놀았지만, 끝내 생계 문제가 발목을 잡았습니다. 모스크바에서 익힌 아르바이트 가이드가 본업이 될 줄이야. 삶의 진로를 바꾸니 꿈도 달라지더군요. 연극무대에서 세계여행으로, 세계여행에서 우주여행으로, 꿈이 단숨에 확장되었지요. 2001년, 미국의 억만장자 데니스 티토가 2,000만 달러의 경비로 첫 우주 여행자가 되었지요. 그 뒤로 2009년까지 여섯 명이 더 우주 관광을 다녀왔지요. 어쨌든 안정을 제일로 치는 아버지와 일탈을 추구하는 나의 간극은 점점 더 접점에서 멀어져 갔습니다. 세상에는 절대로 실행할 수 없는 꿈이 있다는 걸 아버지는 알고 있었을까요.

아버지의 해외여행도 한낱 꿈에 그치고 말았습니다. 아버지의 무산된 꿈이 내게는 씻을 길 없는 슬픔입니다. 슬픔은 파도를 닮았습니다. 철썩철썩 거세게 몰아치는가 하면, 잔잔하게 일렁이기도 합니다. 파도의 근본 바탕은 차단막이 없는 흐름, 단 일순간의 멈춤도 없다는 것입니다. 문득 엉뚱한 발상이 뇌리를 스칩니다. 아버지의 해외여행이 반드시 못다 한 꿈이 아닐지도 모릅니다. 혹시 아버지가 기약 없는 여행길에 오른 것은 아닐까요? 내 유전자의 뿌리가 아버지인데, 아버지인들 왜 어느 나라 어느 곳이든 마음대로 누비고 싶지 않았겠어요? 일본, 중국을 시작으로 베트남, 캄보디아, 싱가포르, 미얀마, 몽골, 러시아, 프랑스, 이탈리아, 미국, 캐나나 등등……. 여정이 긴 만큼 귀가 시기는 불투명할 수밖에요. 차라리 잘된 일입니다. 그동안 나는 아버지가 기절초풍할 만큼, 염소 치기에 온 힘을 다할 것입니다. 이백 마리로, 삼백 마리로 불려놓을 자신이 있습니다. 대략 삼십 년이 소요된다면? 아버지는 백 세에 사 년이 보태지겠군요. 그렇습니다. 그때에야 아버지가 병원 중환자실, 아니 음압병동 신세를 져야 마땅합니다. 겨우 일흔넷에 11일 동안의 음압병실에서 삶을 마감하다니요.

오빠…… 어떡해, 오빠…….

동생 진희는 말을 잇지 못하고 울먹거렸지요. 무슨 일이냐고 다그쳐도 계속 훌쩍이기만 했습니다. 불길한 예감이 엄습했지요. 그럴 때일수록 냉정하고 침착해야 한다고 되뇌면서 목소리에 힘을 실었지요. 낮은 목소리로 또박또박 거기가 어디인지 물었습니다.

아버지와 엄마가 코로나로…… 나흘 전에 큰아버지 요양병원에 다녀오셨는데, 열이 난 걸 참고 참다가…… 읍

내 병원에 가셨는데…….

나는 금세 얼굴이 화끈거렸습니다. 머릿속이 휑하다 못해 어득어득했지요. 잠시 멍멍하게 서 있었습니다.

티브이 영상으로만 봤던, 방호복을 입은 사람들이 유리문 너머로 얼핏 보였습니다. 진희의 얼굴은 창백하다 못해 사색이었지요.

야, 울지 말고 정신 차려.

나는 진희의 양손을 부여잡으며 힘주어 말했습니다. 스스로에게 다짐하는 말이기도 했지요. 진희의 전화벨이 울렸습니다.

오빠, 음압병실로 옮겼대.

그래? 의사였어? 왜 너한테만 연락이 오냐?

아까 내가 먼저 왔으니까 그랬겠지. 오빠, 우린 그만 돌아가자. 또 연락 갈 거라면서 일단 집으로 가랬어.

진희의 말을 듣는데, 별안간 날카로운 음향이 귀를 갈랐습니다. 119 구급차였지요. 응급실 출입문이 열리며 방호복을 착용한 의료진 두 명이 뛰쳐나왔습니다. 음압병실로 가는 환자라는 걸 직감했지요. 국내 사망자가 이백 명을 훌쩍 넘겼으나 애써 마음을 다독이며 돌아섰습니다. 음압병실에 대한 신뢰감이 컸지요. 음압병실에서 충분히 치료를 받으면 부모님은 조만간 퇴원하리라고 믿었습니다.

음압병실이 삶의 통로이지, 죽음의 통로는 아니니까요.

하루 세 끼도 꼬박꼬박 챙기고, 세수도 말끔히 하고 있습니다. 병원에서 보내온 소식에만 의존한 나날, 그리 절망적이진 않았지요. 아버지와 어머니는 각각 다른 병실에서 치료를 받았습니다. 서로 말을 섞을 수 없으니 그저 혼자서 이런저런 생각에 잠겼을 테지요. 틈만 나면 내 얼굴을 떠올리고, 어떤 당부의 말을 했던가요? 아버지는 염소의 뿔을 쓰다듬는 꿈을 꾸었을까요? 어머니는 손님들의 테이블에 차릴 나물거리를 염려했을지도 모릅니다. 어머니는 집을 약간 개조해 그야말로 소박한 밥집을 열었지요. 뜬금없이 혜진이 생각났습니다. 혜진과 함께한 커플링 반지를 본 부모님의 반응은 폭발적이었지요. 니가 효자여! 어머니는 감격의 눈물을 보이고, 아버지는 모처럼 흠흠해 보였지요. 니놈이 생각이 있긴 있었던 모양이제? 아주 잘 생각혔어. 하지만 나는 결혼 말을 꺼낸 지 두 달 만에 커플링을 빼고 말았습니다. 코로나19 바이러스 확진자가 나오기 전 11월의 일입니다. 부모님한테는 말하지 않았습니다. 아니, 못했지요. 이제 아버지는 영원히 그 사실에 깜깜할 것입니다. 깜깜한 게 대수인가요. 실망하더라도 혜진이 내 손을 놓아버렸다고 실토했다면, 혹 알아요? 변변치 못한 자식 놈 걱정으로 어떻게든 삶의 고리를 붙들고 있었을지도 모르지요. 아버지와 함께한 찰나찰나가 마냥 아쉽고 안타깝습니다. 그날 새벽녘에 내가 잠들지 않았다면 꿈도 꾸지 않았을 텐데, 내 꿈이 아버지를 사지로 몰았습니다.

난생처음 보는 허허벌판이었지요. 역사가 아닌데 왜 달리던 열차가 멈춘 것일까요? 여행 중이던 아버지와 나는 다리라도 풀려고 열차 밖으로 나왔지요. 어머니는 동행하지 않았지요. 안개가 낀 듯, 시야가 부윰했습니다. 나는 사방을 두리번거렸습니다. 분명 시야에는 산등성이 없는데, 이상하게 저 멀리 산등성이 뻗어 있다는 느낌이 들었습니다. 왜 그렇지? 의구심만 꾸역꾸역 올라오는데, 그만 열차가 출발하기 시작했습니다. 나는 정신없이 내달려 겨우 두 발을 열차에 올려놓았습니다. 등이 축축하다 못해 스멀거렸지요. 고개를 들어보니 아버지가 저만치 벌판에 홀로 서 있었습니다. 후줄근한 모습으로 작은 보따리를 품에 안은 채 먼산바라기를 하고 있었지요. 아버지! 아버지! 나는 목청껏 소리를 높였습니다. 이 열차를 놓치면 끝인데, 다시는 집에 돌아갈 수 없는데……. 심장이 터질 듯 애가 탔지요. 열차는 점점 속도가 붙어 아버지가 올라탈 수도 내가 뛰어내릴 수도 없는 지경에 이르렀습니다. 아버지! 아버지! 달리는 열차 밖으로 내민 내 얼굴은 눈물범벅이었지요. 동상처럼 꿈쩍도 하지 않는 아버지 뒤로 산안개에 덮인 산등성이 희미하게 보였습니다. 나는 영원한 이별이라는 확신에 몸부림치며 무너지는데, 전화벨이 울렸습니다. 나는 화급히 눈을 떴지요. 꿈인지 현실인지 갈팡질팡하면서도 똘똘 뭉친 내 이기심에 절망했지요. 왜 나는 훌쩍 뛰어내려 아버지에게 달려가지 않은 걸까? 바보, 얼간이, 맹꽁이, 못난이……. 나는 죄책감에 몸이 옥죄였습니다. 다시 또 전화벨이 울렸습니다. 가슴이 철렁했습니다. 병원이었지요.

임종을 보시겠습니까? 보호구로 온몸을 감싼 간호사의 목소리가 내 심장의 한복판에 박혔습니다. 다리가 휘청거렸습니다. 누나와 진희의 얼굴이 눈앞을 가렸습니다. 그들이 곁에 있다면 조금이라도 고통이 희석되지 싶었지요. 간호사 뒤를 따라서 한 발 한 발 내딛었습니다. 내가 아니라 내 몸의 일부인 두 발이 움직이고 있었습니다. 나는 살아 있는 자식으로서 죽음에 직면한 아버지와 마지막 시간을 나누려고 걸어가는 못난이였지요.

가운을 받아 든 내 팔이 경련을 일으켰습니다. 나는 선뜻 가운을 입지 못하고 엉거주춤 벽에 등을 기댔습니다. 천천히 입으세요. 맨살을 노출해선 절대 안 됩니다. 나는 간호사의 말에 복종하는 로봇이었습니다. 아무런 생각 없

이 가운에 팔을 집어넣었지요. 마스크는 그냥 그대로 쓰
셔도 좋으니 잘 확인, 점검하세요. 나는 마스크의 코 접촉
부위를 손가락으로 꼭꼭 누른 뒤에 마스크를 움켜쥐고서
두세 번 숨쉬기를 해보았지요. 가슴이 답답했습니다. N95
마스크가 단단히 얼굴에 부착되었다는 의미지요. 덧신을
신고 고글을 쓴 다음에 양손에 장갑을 꼈습니다. 10분쯤
걸린다고 했는데, 20분쯤은 족히 걸린 것 같았지요.

아무래도 내 행동이 굼떴겠지요. 아버지는 나를 기다려
주지 않았습니다. 두 눈을 감고 숨 쉬기를 멈춘 채 미동
도 하지 않았지요. 하지만 나는 똑똑히 보았습니다. 칙칙
하던 아버지의 얼굴이 시나브로 밝은 색으로 변하는 것을
요. 나는 장갑 낀 손으로 아버지의 장갑 낀 손을 움켜잡았
습니다. 울컥, 목울대가 꽉 잠기면서 눈꺼풀이 눈동자를
가렸습니다. 차갑지도 따뜻하지도 않은 아버지의 육신.
나는 아버지의 육신을, 뼈 마디마디를 가만히 쓰다듬었습
니다.

모든 절차는 순식간에 진행되었습니다. 내 의지와는 상
관없이 병원과 중앙사고수습본부의 각본대로 움직였지
요. 장례식장은 물밑처럼 고요했습니다. 장례지도사가 장
의업체 직원 두 명과 함께 기다리고 있었지요. 물론 모두
가 나처럼 방호복 차림이었습니다. 어차피 유족은 한 명

만 참관할 수 있었지요. 어머니는 아직 음압병실 치료 중이고, 누나와 진희를 비롯한 친척들은 모두 화장장에서 기다리고 있었습니다. 앞서 의료진이 아버지의 시신을 세척하고 정리해 특수 처리된 비닐 백으로 두 번 밀봉했다고 하더군요. 나는 장례지도사의 지시에 따라 입관실에 들어섰지요. 아버지와의 마지막 대면 시간, 일순간 냉기가 훅 끼쳤습니다. 아버지는 비닐 백으로 감싸인 채 관 속에 반듯이 누워 있었지요. 가슴 밑바닥에서 뜨거운 불덩이가 치밀어 올랐지요. 단 1초만이라도 아버지를 부둥켜 안아보고 싶었습니다. 아버지와 반목했던 순간들이 클로즈업되어 나타났다 사라지고, 또 나타나곤 했습니다. 나는 소원했지요. 용서해 주세요, 용서해 주세요, 사랑해요. 처음이자 마지막 제소리로 인사하게 해달라고요. 그러나 머릿속에 맴도는 말을 한 마디 꺼내기도 전에 관 뚜껑이 덮였습니다. 그렇게도 초를 다투는 일이었을까요? 기계적인 손들이 척척 뚜껑 덮인 관을 다시 비닐 백으로 밀봉했습니다. 코로나19 바이러스로 숨진 아버지의 시신은 코로나19 바이러스 취급을 받았지요. 아버지와 나는 그렇게 이중삼중으로 차단당했습니다. 나는 입을 앙다물고 말없이 입관실에서 나왔습니다.

아까부터 건들대던 바람이 갑자기 거세게 몰아칩니다. 저수지의 수면이 요동치고 풀잎도 마구 흔들립니다. 뭔가 심상치 않은 이상기류가 느껴집니다. 바람의 세기가 한여름의 폭풍을 연상시킵니다. 몸이 자꾸 오싹거립니다. 겨울 추위가 선회해 다시 밀려오는 듯합니다. 아니 겨울과 여름이 동시에 회오리를 일으키는 것일까요? 문득 지난 1월의 급작스러운 기후 이변이 생각납니다. 아직 코로나19 바이러스의 확진자가 나오기 전이었지요. 별안간 겨울답지 않은 강풍으로 김해공항에 무더기 결항 사태가 일어나고, 전국에 장마까지 겹쳤지요. 겨울 장마, 여름에나 듣는 장마라는 말을 겨울에 듣는 생소함. 백십삼 년 만의 1월 최고 기온이라 했던가요? 무심히 지나치기에는 너무 묵직한 기상청의 보고였지요.

바람이 점점 더 기승을 부립니다. 발을 떼기가 버거울 정도입니다. 맞바람에 얼굴이 시려와 등을 바람막이 요량으로 몸을 돌려봅니다. 자칫 엎어질 뻔했습니다. 등을 꼿꼿이 세우고 어깨를 펴봅니다. 쉴 틈 없이 밭은걸음을 내딛습니다. 난데없이 희끗희끗 눈발이 날립니다. 진눈깨비입니다. 꽃샘추위도 아니고 완전히 기습추위입니다. 정말 계절이 실종되어 가는 걸 실감합니다. 알 수 없는 두려움이 솟구칩니다. 삼 개월 동안 지속된, 지금도 진행 중인 코로나19 바이러스 세계…… 어둠, 두려움, 공포, 그리고 슬픔에 겨운 나날들에 또 다른 두려움이 파고듭니다.

일단 강풍을 뚫고 저수지를 빠져나가는 것이 급선무입니다. 바람막이 점퍼라도 챙겨왔더라면……. 이렇듯 준비 없는 인간이 바로 나라는 인간입니다. 하긴 지구촌도 도긴개긴입니다. 코로나19 바이러스 때문에 전 세계의 민얼굴이 노출되었지요. 무방비 상태가 준비라면 준비였습니다. 나는 강풍을 피해, 진눈깨비를 피해 양손으로 머리를 감쌉니다.

사는 게 부끄럽지 않아? 무너질 거야?

누군가의 목소리에 걸리어 머리를 감싸고 있던 양손이 툭 떨어집니다. 얼굴이 달아오릅니다. 이렇듯 등이나 앞세우고 흔들흔들 걸을 때가 아닙니다. 나는 동동걸음을 칩니다. 어서 돌아가야 한다는 마음과는 달리 그만 다리가 꺾입니다. 털썩 주저앉고 맙니다. 땅속 깊은 곳에서 무언가가 올라와 내 가슴을 후려칩니다. 차마 울지 못했던 속 깊은 울음이 터져 나옵니다. 나는 목 놓아 웁니다. 울음소리는 강풍을 뚫고 저 하늘 끝까지 오를 기세입니다.

아버지! 나는 무릎을 꿇고 고개를 숙입니다. 이놈이! 대뜸 아버지의 불호령이 떨어집니다. 나는 마지못해 몸을 일으키고 비척거립니다. 축축한 머리칼이 바람에 날립니다.

코비드19로 인한 일상의 균열

코로나19 바이러스 감염 상황이 도래하기 전까지는 생각지도 못한 현실이 우리를 압도하기도 하고, 새로운 국면으로 접어들기도 했다. 짧은 시간 지나가리라 생각한 상황은 점점 그 상태에서 한 발도 움직이지 않고 있다. 상황을 조금 낙관하는 순간 다시 경종을 울린다. 이제는 코비드19의 상황에 익숙해져 이대로 머물러도 좋겠다는 생각까지 들 정도다. 문제는 이러한 상황이 장기화되면서 사람들이 삶의 방향 전환을 시작했다는 것이다.

한국 사회가 가지고 있는 하나의 병폐라고 할 수 있는 쓸데없는 모임이 그동안 너무 많았다는 것이다. 한국인들은 혼자 조용히 사색하기보다는 특정한 모임에 참석함으로써 그 집단의 소속을 통해 자신의 존재감을 드러내기를 좋아한다. 그러나 코비드19가 도래하면서 대부분의 사람들이 외출 없는 매일매일이 편안하다고 한다. 혼자 집에 있다는 사실을 견딜 수 있는 사람은 철학적 사색이나 종교적 사색을 통하여 자기의 실존에 대한 주체적인 견해를 가지고 있는 사람들이다. 그렇지 않으면 성격적으로 사람들과 어울리기 싫어하는 사람들이다. 그동안 우리는 공적으로나 사적으로 너무 많은 모임을 해왔다. 자기 자신과 다른 사람들과 함께한다는 것은 어떤 모임이든 긴장과 피로감이 동반할 수밖에 없다. 그런 상황 속에서 코비드19는 우리에게 우리의 삶 자체를 새로운 구도 속에서 고찰하고 새로운 판을 짜야 한다고 말하는 듯하다.

　코비드19의 상황을 맞닥뜨려 그동안 우리가 거대한 허구 속에 살아왔다는 것도 새삼스러운 깨달음이다. 인공위성으로 국가 간 갈등을 유발하고 AI로 인한 최첨단 일상을 꿈꾸던 이 시점에서 코비드19에 꼼짝 못 하는 인간들의 현주소를 보면 당황스럽기까지 하다. 코비드19 상황이 도래하면서 생긴 일상의 균열이 어떻게 미세하게 우리의 삶을 조직화하는가. 일상의 균열만 아니라, 가족 간의 균열, 사회 계급 구조 간의 균열 등 다양한 균열이 미세하게 일상적 삶을 지배한다. 코비드19 상황이 계속되자 오늘을 기획하고 새로운 미래를 꿈꾸기조차 오히려 번거로움으로 생각하기까지 한다. 모두 이 상태에서 연명만을 최고의 선처럼 생각하기도 하는 사람들이 늘어나고 있다. 매일 미세먼지로 괴로움을 당한 사람들이나 미세먼지로 인한 지속적인 비염 바이러스로 고통에서 헤어날 수 없었던 사람들은 오히려 이 상황을 즐기기조차 한다.

우리는 이제 우리 환경에 대해서 새롭게 생각해야 하는 방향 전환의 국면에 들어섰다. 이런 새로운 국면에 대한 인식을 소설가들의 작품에서 한 번씩 시도해 봄이 어떨까 하는 의도로 이번 코비드19 특집을 기획해 보았다. 소설가들은 코비드 상황을 어떻게 인식하고 어떻게 대처하는가를 한번 볼 필요가 있다. 코비드19에 대한 현실을 생생한 목소리로 귀담아 들어보자.

이 작품들은 '작가포럼'에서 코비드19 특집 소설을 기획하고 참여한 소설가들의 작품을 모은 것 중에 여덟 명의 작품을 고른 것이다.

〈4월의 독백〉(김경): 코로나19로 지구촌의 민낯이 속속들이 드러난다. 무방비 상태에서 속수무책으로 감염자가 늘고 사망자가 발생하면서 순식간에 일상이 파괴된다. '나'는 확고한 신념으로 꿈을 향해 살아가는, 여행사 가이드다. 비록 녹록지 않은 삶이었으나 행복했다. 코로나19로 회사는 문을 닫고, 아버지도 코로나19로 사망한다. 반목으로 점철된 아버지와의 지난 날을 회상하며 뒤늦게야 아버지의 사랑에 절규한다.

〈한 인간〉(김미수): 인간은 자기밖에 모르는 종족이라고 판단한 신은 바이러스를 지구로 보내 인간을 멸종시키기로 한다. 지구의 인간들은 모두 죽어가고 썩은 내를 풍기지 않는 먼지를 부러워할 정도로 절망에 빠진다. 세상에 태어나서 단 한 번도 남을 위해 자신을 희생해 본 적이 없는 엘은 신이 사랑한 단한 명의 인간인 딸의 희생으로 혼자 지구에 살아남게 된다. 엘은 생존을 이어가지만 '한 인간으로 살아간다는 것'의 의미를 깨달아 간다.

〈2020년, 봄〉(김지수): 어느 날, 느닷없이 등장해 일상을 탈취해 간 괴바이러스에 대한 피해의 양상을 하나하나 점진적으로 기록해 보고 싶었다. 글을 마무리를 해야 할 즈음에도 상황이 끝나기는커녕 점차 깊어지는 태세였다. 그제야 깨달았다. 이 무섭고 고약한 애들이 어느 날 갑자기 어디서 솟구친 게 아니라 이미 오래전부터 우리 삶의 어둡고 취약한 곳에 다만 도사리고 있었음을…….

〈벚꽃 지기 전에〉(엄현주): 코로나19 팬데믹이란 상황 속에서 연예인 기획사에 근무하는 삼십대 중반 여성이 겪는 일상의 변화와 혼란을 그렸다. 벚꽃 피기 시작할 무렵에 있을, 아이돌 그룹의 데뷔 공연을 위해 그는 오랜 기간 동안 기획하고 마케팅을 준비해 왔다. 하지만 그것이 무산되고, 또한 어린 시절 자신을 돌봐준 할머니의 장례도 대구라서 갈 수 없는 혼란 상황 속에서, 그래도 살아가야 하기 때문에 조그마한 위로를 찾는다.

〈명자꽃이 가네〉(유시연): 이 작품의 초점 인물은 일제강점기 탄광노동자 등으로 녹록지 않은 삶을 산 99세 노인이다. 지구의 수많은 생물 종(種) 중에서 살아남은 인간은 얼마나 더 시련과 위기와 자연조건으로부터 수명을 이어갈 수 있을까. 대지에 꽃을 피우고 열매를 맺으며 길고도 먼 생의 바다에서 인간은 지금도 코비드19 바이러스라는 풍랑과 싸우고 있다. 이것이 현실이다.

〈그는 그렇게 갔다〉(윤금숙): 2020년 3월부터 이곳 엘에이에는 코로나19로 인해 모든 삶이 고립되었다. 고립은 심각한 상황으로 치달아 비참했다. 그녀는 남편이 죽기만을 바랐다. 그가 코로나19로 죽자 슬플 것도 없었다. 그러나 "미안해!"하고 마지막 편지를 남기고 떠난 남편을 그녀는 용서한다. 용서를 승화시킨 그녀는 드디어 자유로워졌다. 세상이, 사람이 아름다워 보인다.

〈코비드19와의 만남〉(이덕화): 코비드19라는 최악의 상황 속에서 또 다른 신의 미소를 만난다. 이 작품은 북한에서 대학교수를 하던 아버지의 느닷없는 월남으로 인한 한 소녀의 수난사이면서 아직도 진행되고 있는 민족의 수난사이다. 가족이 뿔뿔이 헤어지고 꽃제비로 갖은 고생을 하다 겨우 탈북한 소녀, 코로나 바이러스 확진을 받고 입원한 음압병실에서 뜻밖의 행운의 여신이 기다리고 있을 줄이야. 코로나 상황으로 인한 아버지와의 만남이 그것이다.

〈코로나19의 시절 너머〉(이재연): 눈에 보이지 않는 바이러스 때문에, 너와 나는 개별적 존재로 사회적 거리두기를 해야 한다. 이 외로운 거리, 이 틈새로 쌓이는 것은 침묵이고, 고독이다. 어둠과 절망의 바이러스가 안겨주는 것은 코로나 블루, 우울이다. 주인공은 이 시대의 그림자 같은 우울증을 극복하기 위해 정신적 방황을 하며 새로운 삶의 변화를 시도한다. 주인공은 그동안 보이지 않던 조그마한 일상에서도 새로운 행복감을 느낀다.

작가포럼 대표 이덕화

코비드19의 봄

초판 1쇄 인쇄 2020년 10월 12일
초판 1쇄 발행 2020년 10월 23일

지은이 | 이덕화, 김지수, 김미수, 유시연, 엄현주, 윤금숙, 이재연, 김경
발행인 | 강봉자, 김은경

펴낸곳 | (주)문학수첩
주소 | 경기도 파주시 회동길 192(문발동 513-10) 출판문화단지
전화 | 031-955-4445(마케팅부), 4503(편집부)
팩스 | 031-955-4455
등록 | 1991년 11월 27일 제16-482호

홈페이지 | www.moonhak.co.kr
블로그 | blog.naver.com/moonhak91
이메일 | moonhak@moonhak.co.kr

ISBN 978-89-8392-836-8 03810

「이 도서의 국립중앙도서관 출판예정도서목록(CIP)은 서지정보유통지원시스템
홈페이지(http://seoji.nl.go.kr)와 국가자료공동목록시스템(http://www.nl.go.kr/
kolisnet)에서 이용하실 수 있습니다.(CIP제어번호: CIP2020040848)」

＊파본은 구매처에서 바꾸어 드립니다.